高罗佩绣像本

大唐狄公探案全译

大唐狄公探案全译·高罗佩绣像本

黄禄善 / 主编

广州谜案

MURDER IN CARTON

〔荷兰〕

高罗佩 / 著
By Robert Van Gulik

韩忠华 / 译

山西出版传媒集团　北岳文艺出版社
BEIYUE LITERATURE & ART PUBLISHING HOUSE

- 太原 -

图书在版编目（CIP）数据

广州谜案 /（荷）高罗佩著；韩忠华译 . — 太原：
北岳文艺出版社，2018.1（2018.9 重印）

（大唐狄公探案全译：高罗佩绣像本 / 黄禄善主编）

ISBN 978-7-5378-5470-2

Ⅰ . ①广… Ⅱ . ①高… ②韩… Ⅲ . ①侦探小说—荷
兰—现代 Ⅳ . ① I563.45

中国版本图书馆 CIP 数据核字（2017）第 299017 号

书名：广州谜案　　　　策　　划：续小强　　　责任编辑：谢放

著者：〔荷〕高罗佩　　项目统筹：贾晋仁　　　书籍设计：张永文

译者：韩忠华　　　　　　　　　　庞咏平　　　印装监制：巩璠

出版发行：山西出版传媒集团·北岳文艺出版社

地址：山西省太原市并州南路 57 号　邮编：030012

电话：0351-5628696（发行部）0351-5628688（总编室）　传真：0351-5628680

网址：http：// www.bywy.com　　E-mail：bywycbs@163.com

经销商：新华书店　　承印者：山西人民印刷有限责任公司

开本：890mm×1240mm　1/32　字数：169 千字

印张：8　版次：2018 年 1 月第 1 版　印次：2018 年 9 月山西第 2 次印刷

书号：ISBN 978-7-5378-5470-2

定价：33.80 元

　　《狄公案》是中国众多公案小说之一种，但是，随着高罗佩20世纪40年代对《武则天四大奇案》的译介以及之后"狄公探案小说系列"的成功出版，"狄公"这一形象不仅风靡西方世界，也使中国读者看到"中国古代犯罪小说中蕴含着大量可供发展为侦探小说和神秘故事的原始素材"，认识到"神探狄仁杰"，"虽未有指纹摄影以及其他新学之技，其访案之细、破案之神，却不亚于福尔摩斯也"。在西方对中国总体评价趋于负面的20世纪50年代，"狄公探案小说"不仅满足了普通西方读者了解古代中国社会生活的愿望，也在一定程度上让西方世界重新认识了传统中国，扭转了西方人眼中古代中国"落后""野蛮"的印象。从这个意义上来看，高罗佩对传播中国文化着实做出了很大的贡献，因此学界给予他很高的评价，将其与理雅各、伯希和、高本汉、李约瑟等知名学者并列为"华风西渐"的代表人士。

　　高罗佩是20世纪最为著名的汉学家之一，其语言天赋惊人，汉学造诣"在现代中国人之中亦属罕有"。高罗佩"狄公探案小说"的背景是久远的初唐社会，但讲述方式却是现代的，中国传统文化被润化在小说的情境中，服饰、器物、绘画、雕塑、建筑等中国元素以及其中所蕴含的中国文化，在不经意间缓缓流动着，构成一幅丰富多彩的中国图画，没有丝毫的隔膜感。小说创作的灵感来源于公案小说，但叙事却完全是西方推理小说的叙事。在整个案件的推演、勘察过程中，读者一直是不自觉地被带入情境中，抽丝剥茧，直到最终找出答案。这种互动式、体验式的交流方式，是高罗佩探案小说的成功之处，也是至今仍为广大读者喜爱的原因之一。

为了让读者能原汁原味地读到高罗佩"狄公探案小说"，体味到高罗佩笔下的中国文化和社会，我社邀请著名西方通俗文学研究大家黄禄善教授组织翻译了这套"大唐狄公探案全译·高罗佩绣像本"，以飨读者。

我社推出的"大唐狄公探案全译·高罗佩绣像本"以忠实原著为原则，译文更贴近于读者的阅读习惯，且完整保留了高罗佩探案小说创作的脉络，力图打造一套完整的"高罗佩探案小说"全译本。

"大唐狄公探案全译·高罗佩绣像本"共计十六册（包括十四部长篇，两部中篇，八部短篇），其中收入了高罗佩手绘的地图及小说插图一百八十余幅。书中的插图仿照的是16世纪版画的风格特点，特别是明代《列女传》中的形象。因此，插图中人物的服饰以及风俗习惯均反映的是明代特征，而非唐代。此外，小说中涉及大量唐代官职、古代地名等信息，虽经译者考证并谨慎给出译名，但仍有存疑之处，敬请方家指正。

愿我们的这些努力，能使这套"大唐狄公探案全译·高罗佩绣像本"成为喜爱高罗佩的读者们所追寻的珍藏版本。

北岳文艺出版社

2018年1月

一

　　20世纪与21世纪之交，西方通俗文学界一个令人瞩目的现象是历史侦探小说（historical detective fiction）的崛起。当时西方的许多主流媒体，如《纽约时报》《华尔街日报》《泰晤士报》《卫报》等等，连篇累牍地报道这类小说获奖的信息，有关小说的介绍、评论汗牛充栋。这些获奖作品的背景多半设置在一个历史久远的年代，中心情节是破解一个与谋杀有关的谜案，作者大都为历史学、考古学的专业人士，爱好文学创作。譬如保罗·多尔蒂（Paul Doherty, 1946—），当代英国著名历史学家，20世纪80年代末开始历史侦探小说创作，迄今已出版了八十多部以古希腊、古罗马、古埃及和中世纪英格兰为背景的侦探小说，其中《叛逆的幽灵》（*The Treason of the Ghosts*）被《泰晤士报》列为2000年最佳犯罪小说。又如琳达·罗宾逊（Lynda Robinson, 1951—），毕业于得克萨斯大学考古专业，擅长中东史和美国史研究，后在丈夫的鼓励下进行历史侦探小说创作，处女作《死神谋杀案》（*Murder in the Place of Anubis*, 1994）一问世即荣登"纽约时报畅销书排行榜"，接下来的十多本小说也一版再版，畅销不衰。再如加里·科比（Gary Corby, 1963—），澳大利亚历史侦探小说创作新秀，尽管作品数量不算太多，但已是2008年"柯南·道尔奖"得主，2010年问世的《伯里克利政体》（*The Pericles Commission*）又获"内德·凯利奖"（Ned Kelly Award）。凡此种种，正如《出版人周刊》2010年一篇评论所指出的："过去的十年目睹了历史侦探小说的数量和质量的爆炸。以前从未有过如此多的天才作家出版如此多的历史侦探小说，作品涵盖的历史年代和案发地点也从未如此宽泛。"[1]

　　不过，西方历史侦探小说的诞生并非从这个世纪之交开始。早在1911年，在美国作家梅尔维尔·波斯特（Melville Post, 1869—1930）的短篇小说《上帝的天使》（*The Angel of the Lord*），就出现过一个历史年代的业余侦探"阿布勒大叔"（Uncle Abner）；他生活在古老的弗吉尼亚边疆，是个牧场工人，和蔼、睿智的中年人，依靠圣经的道德标准和美国的法律精神破案。《上帝的天使》很快被扩充为拥有二十六个故事的侦探小说集《阿布勒大叔：破案高手》（*Uncle Abner, Master Mysteries*, 1918）。到了1943年，美国作家利莲·托雷（Lillian de la Torre, 1902—1993）又发表了以历史人物塞缪尔·约翰逊（Samuel Johnson）为侦探主角的短篇小说《英格兰国玺》（*The Great Seal of England*），她同样将该短篇小说扩充为有多个故事的侦探小说集《萨姆博士：约翰逊侦探》（*Dr. Sam: Johnson, Detector*, 1948）。在这之后，西方目睹了历史侦探小说的高速发展。一方面，英国作家阿加莎·克里斯蒂（Agatha Christie, 1890—1976）出版了古埃及背景的长

1　Lenny Picker. *Mysteries of History*, Publishers Weekly, March 3, 2010.

篇历史侦探小说《死亡终局》（*Death Comes as the End*, 1944）；另一方面，美国作家约翰·卡尔（John Carr, 1906—1977）又出版了拿破仑战争题材的长篇历史侦探小说《狱中新娘》（*The Bride of Newgate*, 1950）；与此同时，荷兰外交家、汉学家、收藏家、作家高罗佩（Robert van Gulik, 1910—1967）还推出了基于中国公案小说传统的系列历史侦探小说"狄公探案"（*Judge Dee series*）。这些单本的、系列的历史侦探小说的问世，为当代西方历史侦探小说的全面崛起做了有益的铺垫，尤其是"狄公探案"，采用长、中、短三种小说形式，数量多达十六卷，在东、西方均产生了持久的轰动效应，被认为是早期西方历史侦探小说的成功"范例"。[1]

　　"狄公探案"系列历史侦探小说始于1949年高罗佩的一本中国公案小说译作《狄公断案精粹》（*Celebrated Cases of Judge Dee*）。故事的侦探主角狄公（Judge Dee）在中国历史上实有其人。他名叫狄仁杰，生活在唐朝（618—907），一生为官，两次出任宰相，是所谓的青天大老爷。有关他廉洁自律、为民请命、秉公办案的故事很早就在民间流传。到了清朝末年，一位无名氏将这些民间故事整理成长篇公案小说《武则天四大奇案》（亦名《狄公案》或《狄梁公四大奇案》）。高罗佩在中国任外交官期间，对该书产生了浓厚的兴趣。他在进行了详细考据之后，将其中基本符合西方侦探小说传统的前三十回翻译成英文出版。之后，又亲自出马，尝试创作了以狄公为侦探主角的历史侦探小说《迷宫奇案》（*The Chinese Maze Murders*, 1952）。该历史侦探小说出版后，居然是本畅销书。从此，高罗佩一发不可收拾，先后接受芝加哥

1　Carl Rollyson. *Critical Survey of Mystery and Detective Fiction*, Revised Edition. Salem Press, INC, printed in USA, 2008, p.1783.

大学出版社及其他图书出版公司的稿约，继续创作了十五卷狄公案历史侦探小说。它们是：《铜钟谜案》（*The Chinese Bell Murders*, 1958）、《黄金谜案》（*The Chinese Gold Murder*, 1959）、《湖滨谜案》（*The Chinese Lake Murders*, 1960）、《铁针谜案》（*The Chinese Nail Murders*, 1961）、《红阁子奇案》（*The Red Pavilion*, 1964）、《朝云观奇案》（*The Haunted Monastery*, 1961）、《御珠奇案》（*The Emperor's Pearl*, 1963）、《漆画屏风奇案》（*The Lacquer Screen*, 1962）、《晨猴·暮虎》（*The Monkey and the Tiger*, 1965）、《柳园图奇案》（*The Willow Pattern*, 1965）、《广州谜案》（*Murder in Canton*, 1966）、《紫云寺奇案》（*The Phantom of the Temple*, 1966）、《太子棺奇案》（*Judge Dee at Work*, 1967）、《项链·葫芦》（*Necklace and Calabash*, 1967）、《黑狐奇案》（*Poets and Murder*, 1968）。这些"奇案""谜案"也全是畅销书，不断再版、重印，直至2014年，还有麦克法兰图书出版公司（McFarland）的新版本出现。

与此同时，"狄公探案"系列小说的影响又渐渐从美国、英国、加拿大、澳大利亚、新西兰延伸到法国、德国、西班牙、荷兰、瑞典、芬兰、日本和中国。1982年，甘肃人民出版社率先在中国推出了陈来元、胡明翻译的《四漆屏》（*The Lacquer Screen*）。紧接着，中原农民出版社、北方妇女儿童出版社、北岳文艺出版社、中国电影出版社、海南出版社、贵州大学出版社也各自推出了这样那样的狄公案全译本和节译本。各种各样的续集、改写本也不断涌现。"狄公探案"被多次搬上银幕，仅在中国大陆，就有电影《血溅画屏》（1986）、《恐怖夜》（1988）、《奇屏谜案》（2009），电视连续剧《狄仁杰断案传奇》（64集，1986）、《神探狄仁杰Ⅰ》（30集，2004）、《神探狄仁杰

Ⅱ》（40集，2006）、《神探狄仁杰Ⅲ》（48集，2008）、《神探狄仁杰Ⅳ》（50集，2013）。

二

作为早期西方历史侦探小说创作的一个成功范例，"狄公探案"小说系列展示了这一小说类型的诸多特征。首先，它是侦探小说，遵循侦探小说之父爱伦·坡（Allan Poe, 1809—1849）的"破案解谜六步曲"，亦即介绍侦探、展示犯罪线索、调查案情、公布调查结果、解释案情发生的原因和经过、罪犯的服输和认罪。其次，它又是历史小说，涵盖了历史小说之父沃尔特·司各特（Walter Scott, 1771—1832）所创立的大部分市场要素，如异国情调、哥特式气氛、英雄主义、骑士精神等等。而且，其作者本人，也像上面提到的许多当代历史侦探小说的作者一样，是个精通历史学、考古学的专业人士，只不过专业研究的对象，并非众人趋之若鹜的古希腊、古罗马或中世纪欧洲文明，而是当时并不被看好且有点冷僻的东方语言文化。

高罗佩，原名罗伯特·范·古利克，1910年8月9日生于荷兰聚特芬（Zutphen）。父亲是个医生，曾先后两次在荷属东印度（Netherland East Indies, 今印度尼西亚）服役。自小，高罗佩随父母侨居在殖民地，在当地学习汉语、爪哇语和马来语，由此对亚洲文化，尤其是中国文化产生了浓厚的兴趣。1923年，父亲退役后，高罗佩随全家回到荷兰，定居在奈梅亨（Nijmegen）。1929年，高罗佩从奈梅亨市立中学毕业，入读莱顿大学，主修东方殖民法律和（荷属东）印度学，以及中日语言文学，后又到乌特勒支大学深造，学习现当代中国史以及藏文和梵文，并以论文《马头明王诸说源流考》（*Hayagriva, the Mantrayanic Aspect of Horse-cult in China and Japan*）获得东方语言学博士学位。高罗佩的语言才能和专业知识很快得到回报。1935年，他被荷兰外交部录用为助理翻译，并被派驻东京，任荷兰驻日公使馆二等秘书。1941年，太平洋战争爆发，荷兰成为日本的对立面，高罗佩与其他同盟国的外交人员一道被遣离日本。1943年3月，他从印度加尔各答来到中国重庆，与那里的荷兰使馆人员会合，出任荷兰政府驻重庆大使馆一等秘书。其间，他结识了同在大使馆秘书处工作的中国名媛水世芳，两人结为伉俪，先后育有三子一女。战争结束后，高罗佩离开中国回到海牙，出任荷兰外交部政务司远东处处长，一年后又去了美国，任荷兰驻美使馆顾问。1948年，他被任命为荷兰驻日本东京军事代表处顾问，1951年又离开东京前往新德里，任荷兰驻印度大使馆文化参赞。1953年，他再次被召回，任外交部中东暨非洲事务司司长。1956年至1959年，高罗佩担任荷兰驻黎巴嫩全权代表，1959年至1962年又担任荷兰驻马来西亚大使。1965年，他作为驻日大使第三次被派驻东京。任上，他被诊断出患了肺癌，不得不返国治病。1967年9月24日，他在海牙辞世，享年五十七岁。

高罗佩一生以外交官为职业，辗转海牙、东京、重庆、南京、华盛顿、新德里、贝鲁特、吉隆坡等地，工作异常繁忙。尽管如此，他还是不忘初衷，挤出时间从事自己所喜爱的东方语言文化研究。他的研究兴趣很广，琴棋书画、小说戏曲无所不包，而且成果颇丰，几乎每隔一至两年就出版一本书。1941年由日本上智大学出版的《琴道》（*The Lore of the Chinese Lute*）是西方第一本系统介绍中国古琴的专著。在书中，高罗佩基于大量中国古代文献，对中国古琴的起源和特征、琴人的心境和原则、琴曲的意义和内涵、演奏的象征和意象，做了详尽的论述。而1944年在重庆出版的《明末义僧东皋禅师集刊》（*Collected Writings of the Ch'an Master Tung-kao, a Loyal Monk of the End of the Ming Period*），则是一部填补中国佛学史空白的开山之作。该书成书时间长达七年，期间高罗佩遍访中日名刹古寺、博物馆院，共觅得东皋禅师遗著和遗物三百余件。1958年，他耗时十余年完成的《书画鉴赏汇编》（*Chinese Pictorial Art as Viewed by the Connoisseur*）又在罗马远东研究社出版。全书内容分两部分，前一部分泛论中日屋宇的式样、书画的悬挂方法以及装裱技术的衍变，后一部分讲述毛笔的构造、墨的制作、纸绢的特质、书画真赝的鉴别，堪称一部东方艺术鉴赏大全。

　　不过，高罗佩的最大学术成就当属中国古代性文化研究。1949年，因日文版《迷宫奇案》的一幅封面裸体插图，高罗佩开始对中国古代性文化产生兴趣。他广集史料，探幽索隐，费尽周折收集历朝历代春宫画册，又参阅了一系列的明末情色禁书，终于辑成了中国古代性文化的拓荒之作《秘戏图考》（*Erotic Colour Prints of the Ming Period*, 1951）。该书共分三卷。卷一《秘戏图考》是正文，用英语写成，分"上""中""下"三篇，讨论了自公元前226年至公元1664年中国历代王朝与性有关的历史文献、春宫画简史以及他所收藏的《花营锦阵》对题跋文字的注释和翻译，并附有"中国性术语"和"索引"。卷二《秘书十种》系中文卷，收录了卷一所引用的重要中文参考文献，包括《洞玄子》《房内记》《房中补益》《天地阴阳交欢大乐赋》《某氏家训》《纯阳演正孚佑帝君既济真经》《紫金光耀大仙修真演义》《素女妙论》以及《风流绝畅图》题词和《花营锦阵》题词。卷后有附录，分乾（旧籍选录）和坤（说部撮抄）两部分，所录各项均为极其珍贵的中国古代性文化研究资料。卷三《花营锦阵》影印了他所收藏的《花营锦阵》的所有春宫画，外加所题艳词。在这之后，高罗佩继续中国古代性文化研究，且时有新的发现，适逢荷兰图书出版商建议他撰写一部面向更多西方读者的中国古代性文化著作，于是便有了洋洋数十万言的《中国古代房内考》（*Sexual Life in Ancient China*, 1961）的问世。相比《秘戏图考》，该书的社会文化史研究气息更浓，且内容上有增补，还更新了许多旧的译文，添加了许多新的引文；观点上有修正，尤其是强调爱情的高尚意义，反对过分突出纯肉欲之爱。直至今日，该书仍是东西方性学家了解中国古代性文化的重要参考文献。

三

正是以上历史学、考古学方面的惊人成就，让高罗佩发现了《武则天四大奇案》等中国公案小说的价值，并选择性地翻译、出版了《狄公断案精粹》。在该书的"译者前言"，高罗佩指出，多年来西方读者所理解的中国侦探小说，无论是厄尔·比格斯（Earl Biggers, 1884—1933）的"查理·张"系列小说（*Charlie Chang series*），还是萨克斯·罗默（Sax Rohmer, 1883—1959）的"傅满洲系列小说"（*Fu Manchu series*），其实都是"误判"。真正的中国侦探小说是《武则天四大奇案》之类的中国公案小说。这类小说早在1600年就已经存在，时间要比爱伦·坡"发明"侦探小说的年代，或者柯南·道尔（Conan Doyle, 1859—1930）"打造"福尔摩斯的年代，早出几个世纪。而且这类小说多有特色，主题之丰富，情节之复杂，结构之缜密，即便是按照西方的标准，也毫不逊色。然而，由于一些文化传统的原因，迄今这类小说不为广大西方读者所知。他呼吁西方侦探小说作家应该关注这一被遗忘的角落，积极改写或创作以中国古代清官断案为主要内容的侦探小说。[1]鉴于和者甚寡，1950年，他亲自操刀，尝试创作了以狄公为侦探主角的《迷宫奇案》，以后又费时十七年，将其扩展为一个有着十六卷之多的狄公探案系列。

而且，也正是以上历史学、考古学的惊人成就，让高罗佩在创作这十六卷狄公案时有意无意地融入了较多的中国古代文化元素。"漆画屏风""柳园图""朝云观""紫云寺""红阁子"，这些书名关键词本身就是一幅幅色彩斑斓的风俗画，给西方读者以丰富的中国古代文明想象；而小说中的许多故事场景，如"迷宫""花亭""半月街""桂园""乐苑""黑狐祠""白娘娘庙""罗县令府邸"，也无疑是一道道风味独特的精神大餐，令西方读者一窥东方建筑。此外，还有许多与案情有关的主题物件，如竖琴、棋谱、毛笔、画轴、香炉、算盘、绢帕，也不啻一件件极其珍稀的古文物展示，勾起了西方读者对中国传统文化的无限向往。

当然最值得一提的是，"狄公探案"蕴含的道家思想和诗化手段。在《迷宫奇案》，故事刚一开始，高罗佩就描绘了一个仙风道骨的太原府狄公后裔。他头戴黑纱高帽，身穿宽袖长袍，胸前白髯飘拂，举止谈吐不凡。正是他，讲述了狄公当年在兰坊县任上所破解的三桩命案。之后，故事套故事，小说中又出现了一个鹤发童颜、双唇丹红、目光敏锐

---

1 *Celebrated Cases of Judge Dee: An Authentic Eighteenth-Century Chinese Detective Novel*, Translated and With an Introduction and with Notes by Robert van Gulik, Dover Publications, Inc, New York, 1976, pp. i-v.

的道家隐士，他于狄公断案百思不得其解之际指点迷津。由此，狄公锁定了余氏财产争夺案的真正凶犯。同样高贵、脱俗、飘逸的道家隐士还有《项链·葫芦》中的葫芦老道。同传说中的道家神仙张果老一样，他骑着一头长耳老驴，鞍座后面用红缨带拴着一个大葫芦。小说伊始，在松树林，他不期而至，给不慎迷失方向的狄公指路。接下来，还是在松树林，他协助狄公击退了凶狠歹徒的袭击，让狄公得以完成公主的重托。末了，依旧在松树林，他再遇狄公，自报真名，细述身世，并赠予其大葫芦，然后语重心长地留下嘱咐："大人，现在您最好把我忘了，免得将来还会想起我。虽说对于未知者，我只是一面铜镜，会让他们撞头；但对于知情者，我是一个过道，进出之后便了事。"[1]

显然，高罗佩在暗示读者，狄公之所以能屡破奇案，是因为有"高人"相助，而这"高人"并非别的，乃是他所信奉的"清静无为""顺应天道""逍遥齐物"的老庄哲学。事实上，现实生活中的高罗佩也是一个老庄哲学推崇者。在《琴道》的"后序"，高罗佩曾经谈到自己的抚琴体会，认为其秘诀在于遵循老子说的"去彼取此，蝉蜕尘埃之中，优游忽荒之表，亦取其适而已"[2]。接下来的正文，他进一步明确指出："我认为道家思想对琴道衍变有决定性的优势，或者说，虽然琴道的产生及基本观念源于儒家，但内涵却是典型的道家。"[3]此外，在《中国古代房内考》中高罗佩也有类似的说法："道家从自己与自然的原始力量和谐共处的信念中得出合理结论，并固定下来，称之为道。他们认为人

1　Robert van Gulik. *Necklace and calabash*. University of Chicago Press, Chicago, 1992, p. 92.

2　Robert van Gulik.*The Lore of the Chinese Lute: An Essay in the Ideology of the Ch'in*.Sophia University, Tokyo, 1941, pp. xiii.

3　Ibid, p. 49.

类的大部分活动，都是人为的，只起到疏远人和自然的作用，由此产生非自然的、人工的人类社会，以及家庭、国家、各种礼仪、专横的善恶区分。他们提倡回复到原始质朴，回复到一个长寿、幸福、没有善恶的黄金时代。"[1]

如果说，在狄公案中，道家思想是高罗佩欲以推崇的精神食粮和破案利器，那么效仿唐代传奇小说和明清章回小说，对小说故事情节做诗化处理，便是他编织案情的重要手段。这种诗化手段，在狄公案前期问世的一些卷册，如《迷宫奇案》《铜钟谜案》《黄金谜案》《湖滨谜案》，主要表现在每章有两句对仗工整的诗歌标题，以及正文起首插有几句韵味十足的题诗。前者起着点明全章主要内容的作用，而后者往往也从作者的视角，感叹世事人生、因果报应，同时赞誉清官替天行道、为民申冤，与正文叙述有着某种唱和的效应。如《黄金谜案》第三章诗歌标题"入县衙主簿慌张，闯后园狄公受惊"[2]，概括了该章主要描写狄公一行四人进了蓬莱县衙，并着手调查前任县令遇害案；而《湖滨谜案》题诗"神笔录尽人间事，万物皆有源与头；无奈凡夫灵犀欠，不谙其意枉自愁。公堂端坐父母官，生杀之权大如天；倘若心少浩然气，草菅人命臭人间"[3]，也以极其简练的语言，歌咏了天下之大，无奇不有，法网恢恢，疏而不漏，为民父母，除害雪冤，从而有效地呼应、烘托了

1 Robert van Gulik. *Sexual Life in Ancient China: A Preliminary Survey of Chinese Sex and Society from Ca. 1500 B. C. till 1644 A*. D.Leiden, E. J. Brill, 1974, pp. 42-43.

2 Robert van Gulik.*The Chinese Gold Murders: A Judge Dee Detective Story*. Perennial, An Imprint of Harper Collins Publishers, New York, 2004, p. 20.

3 Robert van Gulik. *The Chinese Maze Murders: a Chinese detective story suggested by three original ancient Chinese plots*. The University of Chicago Press, Chicago, 1997, p. 1.

小说主题。狄公案后期问世的一些卷册，如《漆画屏风奇案》《御珠奇案》《紫云寺奇案》《黑狐奇案》，尽管考虑到西方读者的持续接受程度，不再有如此诗化形式，但仍出现了相当数量的对仗工整、韵味十足的诗歌。这些诗歌多半与案情相互交织，成为案情侦破的关键。以《漆画屏风奇案》为例，在正文第十一章，狄公偕竹香去地下的妓院暗访，看见床壁上贴有一首七言绝句，并从前后两句的字迹，推测是年轻画家冷德和滕夫人银莲合写，也据此断定此前滕知县所说"生死伉俪"完全是编造的。一个由婚姻不幸导致妻子出轨、继而被杀的复杂命案终于大白于天下。

四

然而，高罗佩并非不分良莠、一味地融入中国古代文化元素。也还是在他的《狄公断案精粹》的"译者前言"，高罗佩总结了《武则天四大奇案》等中国古代公案小说的五大"弊端"。首先，小说伊始即介绍罪犯，细述犯罪的经过和动机，从而丧失了故事基本悬念。其次，崇尚神鬼等超自然力量，法官能潜入冥王地府与受害者对话，动物、炊具也能上法庭做证。再有，故事冗长，情节拖沓，动辄数十章，甚至数百章。再有，出场人物过多，难以分清主次、理清线索。最后，惩罚罪犯过分，残忍地诉诸暴力。[1]

1　*Celebrated Cases of Judge Dee: An Authentic Eighteenth-Century Chinese Detective Novel*, Translated and With an Introduction and with Notes by Robert van Gulik, Dover Publications, Inc, New York, 1976, pp. ii-iv.

以上"弊端"，高罗佩在创作狄公案时已经剔除。整个谋篇布局，仍沿用西方古典式侦探小说的创作模式，并突出运用了许多行之有效的创作技巧。譬如阿加莎·克里斯蒂式的"高度悬疑"，几乎每卷都有这样的设置。典型的有《紫云寺奇案》，故事一开始，读者就被置于紧张的悬疑之中而不能自拔。漆黑的寺庙外，隐约现出一块溅洒鲜血的石头；一对男女鬼鬼祟祟，借着微弱的灯笼光线朝井边拖拽尸体。他们是谁？为何要弃尸古井？被害者又是谁？但未等读者找出答案，新的悬疑接踵而至。从古董店买来贺寿的紫檀木盒，莫名其妙地留有求救纸片。一夜之间，国库五十锭金变成一堆铅条。而原本是两个无赖之间的争斗命案，凶手却要费事地剁下受害者的头颅？并且，狄公的得力助手两次险遭杀害，衙役们已是一死一重伤。直至最后，罪犯一一被擒获，狄公细述案情，所有谜团解开，读者才恍然大悟。原来百年寺庙早已成了藏污纳垢之地。而《朝云观奇案》的悬疑设置更有特色，整个故事情节集中在一个密闭时空，命案迭起，案中有案。狂风暴雨夜，狄公一行人前往百年道观借宿。倏忽间，对面塔楼现出一男与一残臂裸女相搂的身影。此前，已有三个年轻女子在那里蹊跷身亡。紧接着，戏班子又有伶人"假戏真做"，险些酿成大祸。狄公循迹调查，又遭人暗算。更不可思议的是，众目睽睽之下，前任住持玉镜讲道时突然"仙逝"。之后，现任住持真智又坠楼暴毙。种种蛛丝马迹，指向道观一个辞官修道的孙太傅。然而他为何要谋害数条人命？又能否逃脱法律制裁？如此悬疑，一直持续到小说结束。

又如柯南·道尔式的"科学探案"，这一技巧的运用集中体现在小说主要人物形象的提升和重塑。在高罗佩的笔下，狄公已经不单是那个为政清廉、刚正不阿、体恤民生，只凭聪明才智断案的青天大老爷，而是融博学、勤政、亲民于一身，依靠仔细调查和缜密推理破案的"科学"神探。他手下的几个随从，马荣、乔泰、陶干和洪亮，也一改"四肢发达、头脑简单"的性格描写窠臼，变成有血有肉、智勇兼备的破案搭档。作为一方父母官，狄公不但熟悉辖区具体政务，还擅长同各种各样的人打交道，了解他们的喜怒哀乐和实际需求。尤其是，他深谙犯罪心理学，勤于现场勘查，善于从蛛丝马迹中寻找破案线索，并层层剥茧抽丝，缜密推理。在《漆画屏风奇案》第五章，高罗佩以十分细腻的笔触，描述了狄公如何在沼泽地查看一具女尸的情景：

> 狄公重新掀开裹盖女尸的袍服。除了那袍服外，女尸一丝不挂，一把短剑从左侧乳房直插胸部，露出剑柄。剑柄周围有一摊干涸的血。他继而细看那剑柄，发现质地为白银，上面镂刻了美丽的花纹，不过年代已久，呈现出黑色。他断定，这把短剑是一件稀世古董，只因那个乞丐不识货，在盗窃耳环和手镯的时候，没有将它拔出带走。他摸了摸那只乳房，表面冷而黏湿，接着又抬起她的一只胳膊，觉得还有弹性。看来，这个女人被害的时间不过几个时辰。他想着，这安详的神态，简便的发型，裸露的胴体，赤裸的双脚，都说明她是在床上熟睡时被害的。[1]

这段描写，与柯南·道尔在《巴斯克维尔的猎犬》中描述福尔摩斯现场勘察爵士死因简直有异曲同工之妙。不过，高罗佩没有无限拔高狄公，

1 Robert van Gulik. *The Lacquer Screen: a Chinese Detective Story*. The University of Chicago Press, Chicago, 1992, p. 52.

而是描写他有时也会被假象蒙蔽而犯错，也会因怀疑自己判断有误而心虚。此外，他还有七情六欲，不但娶有三房夫人，还看见美丽、善良的女人就动心。《铁针谜案》中暗恋郭夫人便是一例。小说描写了狄公邂逅这位容貌端庄、知书达理的仵作妻子后的种种爱慕心理。当获知她同样以铁针杀害了自己无恶不作的前夫后，狄公陷入了矛盾，欲绳之以法又心中不忍。郭夫人跳崖自尽后，狄公一夜未眠，"他感到非常疲惫，想过平静的退隐生活。但随之他明白，自己不能这样做。退隐意味着不想担当任何责任，而他却有太多的责任"[1]。这也令人想起英国侦探小说大师埃·克·本特利（E. C. Bentley, 1875—1956）在《特伦特绝案》中所描写的那个"已食人间烟火"的大侦探特伦特，他在推断门德尔松夫人杀害自己丈夫之后，选择了悄悄离去，因为门德尔松敛财堕落，消除他等于消除了罪恶。

再如约翰·卡尔的"密室谋杀"。所谓密室谋杀，是指罪犯在一个完全封闭、看似无法出入的空间环境内所实施的谋杀，往往产生一种独特的惊悚、神秘的效果。高罗佩似乎谙于这一技巧，在大部分卷册都有展示。《红阁子奇案》中的举人李琏和花魁娘子秋月先后"自杀"，显然是一种密室谋杀，因为两人均死在卧室，房门紧锁；而《朝云观奇案》中的前任住持玉镜"讲道时突然仙逝"，也是与密室谋杀不无联系，因为众目睽睽之下，凶手没有任何作案机会。最令人玩味的是《迷宫奇案》中的丁将军被杀案。高罗佩先是在第八章，透过狄公的视角，描述了十分密闭的案发现场：

1　Robert van Gulik. *The Chinese Nail Murders*. The University of Chicago Press, Chicago &London, 1977, p. 200.

狄公迈步跨过书斋门槛，举目环视。书房很大，呈八边形，墙上高处有四扇小窗，窗纸莹白，阳光透过窗纸，漫入室内甚是柔和。窗户上方，有两个小孔，供通风之用，均有栅板相隔。除了窄门，书斋墙上再别无其他开启之处。

　　书斋中央正对门放着一张乌木雕花大书案，只见一人身穿墨绿锦缎便袍软软地伏于书案之上。此人头枕弯曲左臂，右手伸于书案之上，手中握有一红漆竹制狼毫，一顶黑色丝帽掉落于地，灰白长发暴露无遗。[1]

　　接着，他又借陶干和丁秀才之口，说明了凶手不可能自由进入案发现场的缘由。一是房门乃进入书斋的唯一通道，墙壁、书架上的窗户和挡有栅板的通气孔洞以及窄门，均未见暗道机关；二是丁将军先亲自开锁进入书斋，丁秀才跟着进入下跪请安，其时管家就站在丁秀才身后，直至丁秀才起身，丁将军才将房门合上，而平时书斋房门总是紧锁，唯一的钥匙也由丁将军随身携带。但就是这样一个看似无法破解的密室谋杀案，狄公通过仔细调查和严密推理得出了答案。原来杀死丁将军的是他手上执握的那管珍贵的狼毫。之前凶手将狼毫作为寿礼送给了丁将军，但狼毫内藏有浸透毒液的飞刀，上有弹簧，用松香封住。丁将军初次写字时，自然要烧掉狼毫笔端的毛刺，于是松香受热，弹簧启动，飞刀弹出结果了他的性命。

　　此外，还有盖尔·威廉（Gale Wilhelm, 1908—1991）的"女同性恋描写"，也对高罗佩的狄公案创作产生了较大的影响。尽管小说没有出

1　Robert van Gulik.*The Chinese Maze Murders: a Chinese detective story suggested by three original ancient Chinese plots*.The University of Chicago Press, Chicago, 1997, pp.88-89.

现任何女同性恋侦探，但出现了相关人物和细节描写，而且这些描写往往与案情的发展有关，甚至成为案情侦破的关键。仍以《迷宫奇案》为例。在该书的第二十四章，高罗佩几乎用了整整一章的篇幅来描绘女同性恋李夫人的外貌以及看见黛兰时的异样神态：

> 黛兰看那李夫人，面相周正，但五官略嫌粗大，双眉稍浓……黛兰燃旺灶内余火……顷刻厨房香味扑鼻……然而李夫人只吃了半碗便放下碗筷，将手置于黛兰膝头……角落里有两只水缸，一冷一热……黛兰提起热水缸盖……快速褪去衣裤，舀了几桶热水倒在盆内。待其舀取冷水时，猛地听得身后有异动，旋即转过身去……李夫人边说，边盯着黛兰。黛兰顿时觉得十分惧怕，忙俯身捡取衣裤。李夫人走上前来，霍地从黛兰手中夺走下衣，厉声问道："你怎么又不沐浴了？"黛兰惊得忙赔不是。李夫人猛地将黛兰拽到身边，轻声说道："姑娘何须假正经！你这身段甚是漂亮！"

当然，像盖尔·威廉的《我们也在漂浮》（*We Too Are Drifting*，1934）一样，高罗佩如此不厌其烦地细述女同性恋性爱的目的是给接下来的情节高潮做铺垫。果真，李夫人求爱不成，便凶相毕露，并丧心病狂地用白玉兰之死来威胁黛兰。只见她将布帘一拉，梳妆台现出白玉兰的血淋淋头颅。正当李夫人的尖刀刺向黛兰之际，窗外跃入了彪形大汉马荣，眨眼工夫他便打落了尖刀，又将李夫人的双手绑定。至此，白玉兰失踪案告破。

立足西方古典式侦探小说创作模式，选择性融入中国古代文化元素，一切以故事情节生动为准则，高罗佩的十六卷"狄公案"就是这样成为早期西方历史侦探小说的成功范例，同时也赢得世界千千万万读者的青睐。

黄禄善

2017年10月26日

黄禄善，上海大学外国语学院教授，上海作家协会会员、上海翻译家协会理事，英国皇家特许语言家学会中国分会副会长。译有《美国的悲剧》等十部英美长篇小说，主编过八套大中小外国文学丛书，其中由长江文艺出版社、花城出版社出版的"世界文学名著典藏"（精装豪华本）近二百卷。

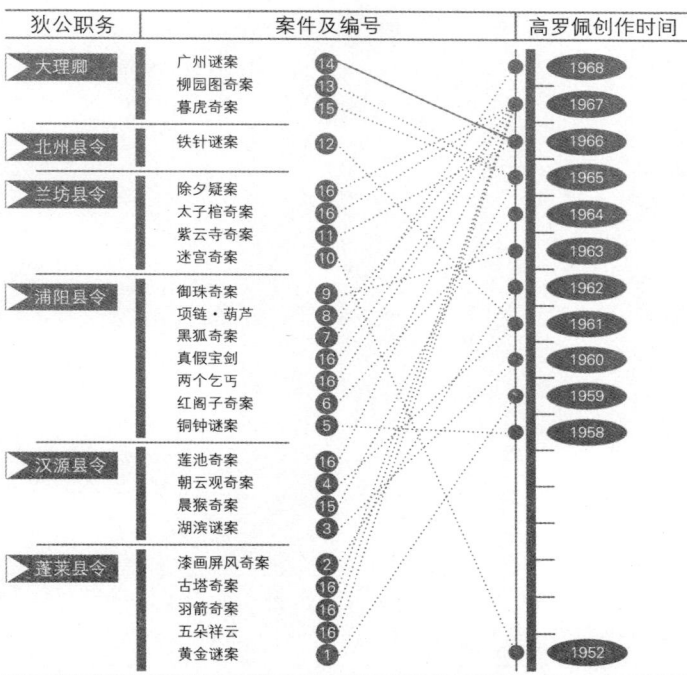

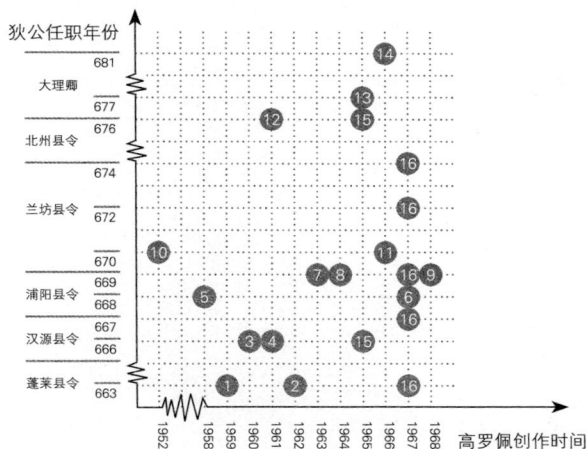

高罗佩·大唐狄公探案年表

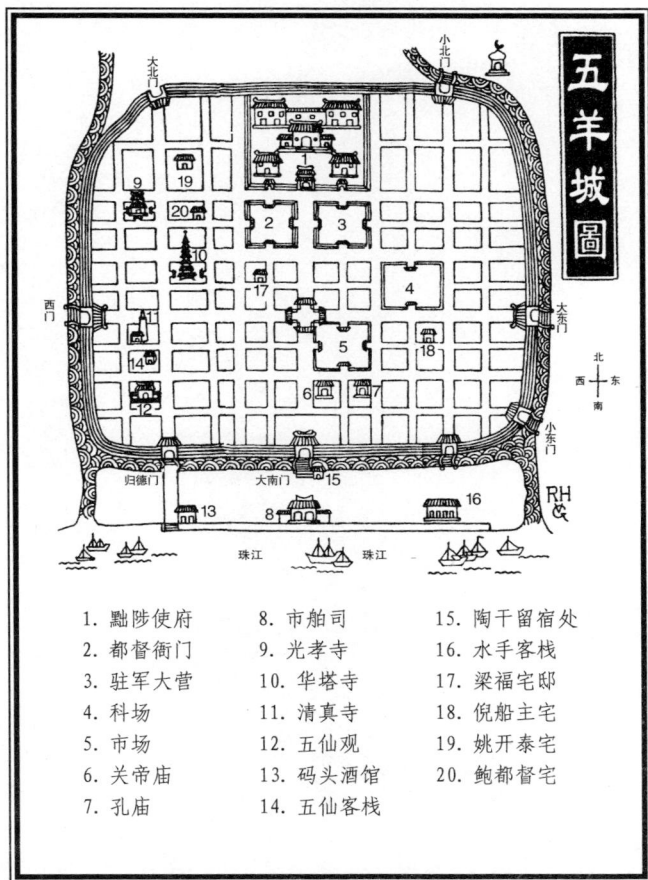

五羊城图

1. 黜陟使府　　8. 市舶司　　　15. 陶干留宿处
2. 都督衙门　　9. 光孝寺　　　16. 水手客栈
3. 驻军大营　　10. 华塔寺　　　17. 梁福宅邸
4. 科场　　　　11. 清真寺　　　18. 倪船主宅
5. 市场　　　　12. 五仙观　　　19. 姚开泰宅
6. 关帝庙　　　13. 码头酒馆　　20. 鲍都督宅
7. 孔庙　　　　14. 五仙客栈

书
中
主
要
人
物

广
州
谜
案

一
▼

　　市舶司前的拐角处站着两个汉子，他们静静地注视着狭长的码头。一位年纪稍长，身材瘦削，身上裹着一件旧长袍；另一位是个结实英俊的中年汉子，穿着一件打了补丁的褐色长袍和一件短褂。热腻腻的薄雾变成了暖暖的细雨，打湿了他们黑帽上的绒毛。码头上没有一丝风，虽然已是傍晚时分，却依然没有凉爽的迹象，很是闷热。

　　不远处，一艘大食的商船停泊在市舶司拱门对面的码头上，十二个光脊梁的苦力正从船上卸货。他们弯着腰背着沉重的大包，和着悲伤的号子，步履艰难地走下跳板。拱门旁的四个卫兵把带短刺的头盔从汗涔涔的眉毛处往上推了推，然后倚着长戟，用疲惫的眼神看着苦力们干活。

"瞧！那是我们早上搭的船！"年长者大声叫道，手指着薄雾中隐隐出现的一个黑影，就在大食商船那边稍远的地方。那是条黑色的战船，正向珠江口快速驶来，船上敲着铜锣，以提醒江上贩子们的小船及时避让。

"天气好的话，他们很快就能到安南了！"他那位宽肩膀的伙伴粗声道，"那儿肯定有许多恶战，而你我却缩在这老天都不管的广州城，奉命观察形势！见鬼，又一滴雨流到我脖子里去了，这该死的湿热天气，嫌我淌的汗不够多，是不是？"

他紧了紧粗脖子上的衣领，小心地掩好里面那件带有羽林军都尉金徽的甲衣，金徽上镶着两条缠在一起的龙。稍后，他恼火地问道："你知道这是怎么回事吗，陶兄？"

姓陶名干的年长者沮丧地摇了摇满是灰白头发的脑袋，扯着脸颊一个痣上长出的三根长毛，缓缓地答道：

"大人什么也没对我说，乔兄。但事情一定很重要，否则他不会突然离京城，骑快马乘快船地带我们火速赶奔此地。广州这儿必定有人图谋不轨。自今天早上到这儿以后，我已经……"

巨大的击水声打断了他的话。两个苦力把一只大包掉进了船和码头之间浑浊的江水中。一个包着白头巾的人跳下甲板，一面踢那两个苦力，一面用阿拉伯语对他们大嚷大叫。几名正觉无聊的市舶司守卫突然来了劲，其中一个抄起长戟快步走了上去，用戟头的钝面重重地敲在那个骂骂咧咧的大食人肩上。

"离我们的人远一点，你这龟孙子！"卫兵叫道，"别忘了你这是在大唐！"

那个大食人一把握住红色腰带上的匕首，另有十几个穿白色长袍的水手跳下船，拔出弯形长刀。这时，赶来的另四名卫兵也端起长戟对着那些骂骂咧咧的水手们。苦力们见状，纷纷扔下大包，匆匆避开。突然，鹅卵石道上响起了铁靴的声音，二十名士兵列队穿过市舶司大门。他们训练有素，轻而易举便将那些怒气冲冲的大食人包围了起来，用长矛把他们逼回到码头边。此时，一个长着鹰钩鼻的瘦高个大食人俯身在船舷上，用刺耳的声音训斥着那些水手。水手们只得收起长刀，重又爬回船上。苦力们也陆陆续续回来干活了，仿佛什么事都没发生过一样。

"这城里有多少这样傲慢的异族？"这位都尉问道。

"噢，我们数过。港内有四条船，对吧？江口还有两条，正待出港，再算上已在岸上定居的大食人，我敢说有几千。你住的那间讨厌的客栈恰好就在穆斯林聚居区，夜里怕是会有人在你背后捅刀子！我住的旅店也没什么可夸的，不过就在南门外，但至少卫兵一叫就到。"

"你住哪个房间？"

"二楼角上那间，监视码头很方便。我说，我们是不是在这儿待得够久的了？雨下大了，我们走吧，乔泰，到那儿去尝尝鲜。"

他指了指码头那边，有人正在点亮酒肆的红灯笼。

"我当然可以喝两口！"乔泰咕哝道，"从来没见过这么没劲的地方！这儿的话我也不会讲。"

他们快步从滑溜溜的鹅卵石道上走过时，不曾留意到一个衣衫褴褛、留着胡子的人从码头不远处的货栈里走了出来，跟上了他们。

码头那边，归德门前护城河的桥上挤满了人。乔泰看他们穿着蓑衣，忙忙碌碌地干着各自的营生。

"这地方竟然没有人悠闲地逛一逛。"他抱怨道。

"这就是广州成为南方最富裕的港口城市的缘故！"陶干说着手指一个酒馆道，"我们到了！"

他掀起了打了补丁的门帘，走进一间昏暗如洞穴的小酒馆，扑来而来的便是一股难闻的大蒜和腌鱼的味道。低矮的屋檐下，晃悠悠地悬挂着几盏冒烟的油灯，忽明忽暗地照着几十位客人。他们三五成群地挤坐在小桌子旁，起劲地低声聊着天，似乎没人注意新进来了两个人。

陶干二人在一张靠窗的空桌子旁坐下时，一直跟在他们后面的那个留胡子的男人也跟了进来。他径直走向后面那个破旧的木柜台旁，酒馆掌柜正在那里把几只白锡酒壶放进一盆滚水里温酒。

陶干用地道的广东话叫酒保上两大壶酒来。趁着等酒的空当儿，乔泰将胳膊撑在油腻腻的桌面上，闷闷不乐地观察着那些客人。

"这么多人！"过了一会儿，他嘀咕道，"看到那边那个难看的矮子了吗？真不明白我进来时怎么没瞧见那张丑脸！"

陶干见那矮子独坐在靠门的桌子边，一张黝黑的扁脸，鼻子很宽，左右眉毛还不一般高，一双深陷的小眼睛向下垂着，一双毛茸茸的大手紧紧握着喝空了的广口酒杯。

"唯一长相体面的就是我们邻桌的那位！"陶干低声说，"他看起来像个拳师。"他用下巴指了指独自坐在邻桌边的宽肩男子。那人身穿整洁的深蓝色长袍，蜂腰上紧紧地系着一条皂色腰带，略微下垂的眼皮让晒得黝黑的英俊脸庞略显倦意。他怔怔地望着前方，似乎对周围的一切毫不在意。

那个邋遢的酒保把两只大酒壶放在他们面前，便又回到柜台，故意不理会那个对着他直晃空酒杯的矮子。

乔泰迟疑地啜了一口酒。

"真不错！"他惊喜地大声说道，喝干后又加上一句，"挺好，真的挺好！"他长饮一口，又喝干了一杯。陶干笑嘻嘻地学他的样子，也干了一杯。

柜台边那个留胡子的男人一直注视着他们，数着他们喝了几杯。当他见这对朋友开始喝第六杯时，便起身要离开柜台。突然，他的目光落在那矮子身上，便停住了脚步。邻座的"拳师"一直半睁着眼看着留胡子的男人和矮子，此时更坐直了身子。他心事重重地捋着自己那修剪整齐的络腮短须。

乔泰放下空杯子，在同伴的瘦肩上重重地拍了一下，咧嘴笑道：

"我不喜欢这广州城，不喜欢这该死的热天气，也不喜欢这臭烘烘的酒馆。不过，凭良心说，酒还不错。不管怎样，出来公干总是好事。你怎么样，嗯，陶兄？"

"我在京城也待腻了，"另一位答道，"小心，你的金徽露出来了。"

乔泰赶紧把上衣领拉紧。然而，柜台边的留胡子的男人已经瞅见了那金徽，嘴唇翘起满意地一笑。当他瞥见一个包着蓝头巾的大食人进来坐在那矮子桌旁时，他的脸又沉了下来。他转向柜台，打了个手势，让掌柜给他的杯子斟酒。

"老天爷知道，我根本不是当都尉的料！"乔泰一边斟酒一边说，"听着，你真该去看看我睡的那张床！绸子枕头、绸子床罩、锦缎帘子，让我觉得自己像个十足的婊子！你不知道，我每天夜里都是他妈的怎么过的。我把藏在床后的芦席拿出来铺在地上，然后躺在上面舒服地睡上一觉！唯一费心的是，每天早上我得把被褥弄皱一点。你知道，这是做给我的马弁看的！"

他大笑起来，陶干也跟着大笑，他们没意识到自己的笑声很响；因为此时酒馆里突然安静了下来，大家都愠怒不语地盯着门口——那矮子正怒气冲冲地和酒保说着话，而酒保则抱着胳膊站在他的桌前。"拳师"看看他们，随后又把目光移向柜台边的男子。

"我嘛，"陶干狡黠地笑着说，"今晚可以在我的阁楼上安安稳稳地睡个觉，这样就用不着轰走客房管事不断介绍来的丫鬟了。那恶棍还指望哪天能卖一个给我当小老婆呢！"

"那你为何不叫那无赖别再废话？来，再喝一杯！"

"这样可以省钱呀，我的朋友！那些丫鬟来干活是免费的。要知道，她们是想逮住我这有钱的老光棍呀！"陶干喝干了酒，接着又说，"所幸你我都不是那种想成家的人，乔兄，不像咱们的同僚、老友马荣！"

"别提那下贱的可怜虫！"乔泰嚷道，"你想想，打他四年前娶了那对孪生姊妹后，已经生下了六个男崽和两个女娃了！简直是把大老爷们的乐趣变成苦差了！到如今，他喝多了连家都不敢回。你……"

门口的喧闹声打断了他的话。他惊讶地看到，那个矮子和大食人已经站起身来，脸都涨得通红，口里咒骂着酒保。其他的客人都面无表情地看着他们争执。突然，大食人伸手去摸匕首，矮子急忙抓住他的胳膊，把他拽了出去。酒保抓起矮子的酒杯朝他们背后扔过去。杯子在鹅卵石道上摔了个粉碎，人群中传出一阵低低的赞许声。

"这儿的人不喜欢大食人。"乔泰说。

邻座那个"拳师"转过头来。

"不，准确地说，这些不是大食人。"他用地道的北方话说道，"不过，你是对的，我们这儿同样也不喜欢大食人。他们干吗来这儿，他们又不喝我们的酒！他们的教规不允许。"

"喝酒是人生最大的乐趣！"乔泰咧嘴笑道，"来，过来喝一杯！""拳师"微微一笑，把椅子拉到乔泰两人的桌子旁。乔泰问他："你是从北方来的吗？"

"不，我生在广州，长在广州。不过，我常出海，而出海就得学各地的语言。要知道，我是个船主。对了，我姓倪。不知是什么风把你们二位吹到这儿来的？"

"我们只是打这儿路过，"陶干解释说，"我家大人来广州巡视，我们俩是随从。"

船主审慎地看了乔泰一眼。

"我还以为你是军中的呢。"

"我曾练过一点拳和剑，消遣而已。"乔泰随口说道，"你也有此喜好？"

"我喜欢剑，特别是阿拉伯剑。我不学不行，因为我的船常去波斯海域。你知道，那一带有很多海盗。"

"真不懂他们是如何使用那些弯刀的？"乔泰说。

"你一定会感到惊讶的。"倪船主说着便和乔泰热烈地讨论起了剑术。陶干心不在焉地听着，只顾低头往酒杯里倒酒；但当他听到船主引用一些阿拉伯术语时，他抬头问道：

"你懂他们的话？"

"能对付。还学了点波斯话，不足为奇！"他又对乔泰说，"我想让你瞧瞧我收藏的外国剑。到我那儿喝一杯如何？我住在城东。"

"今晚我们事挺多的，"乔泰答道，"可否明日上午？"

船主朝柜台边的男子迅速瞥了一眼。

"好吧！你住在何处？"

"住五仙客栈，在清真寺附近。"

船主开口想说什么，但又改变了主意。他呷了一口酒，随便问道："你的朋友也住那儿吗？"见乔泰摇头，他耸了耸肩，接着又说，"嗯，我敢说你们一定很会照顾自己。明早我派一乘轿子去接你，早饭后约半个时辰吧。"

陶干付了账，两个人便告辞了新结识的朋友。此时天已放晴，江风吹过他们醉红的脸，令他们倍感凉爽舒适。这时的码头呈现出一派繁荣景象。小贩们沿着江边搭起了夜摊，并挂出一串串彩色的小油灯。江面上，头尾相接地停泊着许多小船，远远看去，船上的火把像点点繁星。微风吹过，闻到烧柴的气味，水上人家正在准备晚饭。

"我们还是租乘轿子吧，"陶干说，"到黜陟使府还有挺长的一段路呢。"

乔泰没有答话，他一直在凝神观察人群。忽然，他问道：

"你没觉得有人在监视我们吗？"

陶干急忙回头看看。

"没有，我没这感觉，"他说，"可我得承认，你的预感经常是对的。我说，既然狄大人要我们酉时整向他禀报，那么现在我们还有半个时辰左右的时间。我们俩走着去吧，分开走，这样可以看看我们是不是被监视了，同时也可看看我记没记住广州城的布局。"

"好吧。过了我住的客栈我再转方向，然后穿过穆斯林聚居区。如果我一直朝东北方向走，迟早可以走到往北的大街，对吗？"

"只要你老实点，别惹麻烦，就错不了！一定要去看看正街上的水钟塔，那是个有名的景点。准确的时间是用一套黄铜水管里的漂浮物来标示的。这些铜管一个叠在另一个上面，像阶梯一般，水慢慢地从高处的管子向低处的管子里滴，实在是个巧妙的发明！"

"你以为我需要那些小玩意儿来确定时间吗？"乔泰嗤之以鼻，"我靠太阳、靠口渴就能知道时间。在夜里和雨天，我只需分析我的口渴程度就成。待会儿在黜陟使府见！"

二
▼

　　乔泰转过街角，过了护城河上的桥，从归德门进了城。

　　当他挤出人群时，仍不时回头看看，但似乎没人在跟踪他。他从五仙观高高的红漆大门前走过，拐进左面第一条街，就到了他住的客栈。客栈之名源于五仙观。这是一幢摇摇欲坠的两层楼房，站在二层，便可看到清真寺的光塔直入云霄——高有八十多尺。

　　客栈乖戾的店主正坐在小门厅里的一把竹椅上。乔泰高高兴兴地对他道了声晚安，便直接上二楼回到自己的房间。房间里又热又闷，唯一的百叶窗已关了一整天了。早上租下这间房之后，他只待了一会——把行李放到光秃秃的木板床上。他骂了一声，推开百叶窗，这下可看清楚了那光塔的全貌。

"这帮外国佬连个真正的塔都造不起来，"他咧嘴嘟囔道，"没有楼，没有飞檐斗拱，什么都没有！直统统的就跟一根甘蔗似的！"

他哼着小曲，换上一件干净的衬褂，又穿上他的甲衣，并把头盔、铁手套和高帮军靴用一块蓝布包起来，然后便下楼去了。

街上仍然很热，江风吹不进这么深的城里。因为穿有甲衣，乔泰不能把上装脱掉，为此他感到有些后悔。他漫不经心地看看往来的行人，然后走进紧挨着客栈的巷子里。

那些狭窄的街道被夜摊上的小油灯照亮了，但行人却很稀少。他看到几个大食人，他们的白头巾和又快又大的步伐挺惹人注目。过了清真寺之后，他发现街道开始呈现出一种异国情调。那些抹了白灰泥的房子的底楼都没有窗户，只有二楼那精细的格子纱窗里透出些灯光来，街道上方有一些连接两边房子二楼的拱形跨街过道。乔泰酒后兴致依然很好，甚至忘了留意自己是否被跟踪。

他拐进一条无人的巷子。忽然，一个蓄着络腮胡的汉人走到了他边上，唐突地问道：

"你是什么姓高或姓邵的护卫吧，嗯？"

乔泰停下脚步。忽明忽暗中，他仔细打量着这个陌生人。此人长着一张冷冰冰的脸，蓄着长长的络腮胡，下巴上的短须已开始变白。乔泰还注意到，他穿着破旧的褐色长袍，戴着破烂的帽子，靴子上满是泥土。这家伙可够寒酸的，但他有重要人物的那种泰然自若的神色，口音无疑是京城的口音。于是乔泰谨慎地说：

"我姓乔。"

"哈，当然啦！乔泰都尉！告诉我，你们狄大人是不是也在广州？"

"他在又怎么样？"乔泰恶狠狠地反问道。

"别顶嘴，老弟！"陌生人厉声道，"我必须见他，很紧急。带我去见他。"

乔泰眉头紧蹙。这家伙看起来不像是个骗子，如果他是，那对自己更加不妙。乔泰说道：

"刚巧我要去见我们大人，你可以和我一同前往。"

陌生人飞快地回头看了看身后的那个人影。

"你走在前面，"他简短地说，"我跟在后面。最好别让人看到我们俩在一起。"

"随你的便。"乔泰说完便继续向前走。他此刻不得不当心脚下了，因为石板之间有很多坑洼，而整个巷内只是偶尔有扇窗映出一些亮光。四周一个人也没有，唯一的声音就是那陌生人沉重的脚步声。

又转过一个街角后，乔泰发现他来到了一条漆黑的街道。他抬头想看看那塔顶，以便确定自己所处的方位。然而，街道两边的高房子都东歪西扭地连在一起，他往上只能看到窄窄的一条星空。乔泰等那陌生人走到他身后时，回头说道：

"此处什么都看不见。我们最好转回去找乘轿子，到正街上还有挺长的一段路要走呢。"

"去问拐角那房子里的人。"陌生人说道，声音听起来有些嘶哑。

乔泰直视前方，看到黑暗中果然有一点微光。"这老家伙的声音有点怪，可眼睛还真不赖！"他一边嘀咕，一边向那微弱的灯光走去。等拐过街角，他发现灯光是从一盏劣质油灯里发出的，油灯置于左侧高墙的壁龛之内，墙上没有窗。再往前走一点，他看到一扇装有铜饰的门，头顶上方又是一条连接左右两侧二楼的跨街过道，他迈步走到门前。当他重重地敲击窥视孔上的遮板时，听到跟在身后的家伙停了下来。乔泰对他叫道：

"还没人答应，但我要叫醒这些婊子养的！"

他又狠劲地敲了一阵，然后把耳朵贴在木门上——什么也没听见。他朝门踢了几脚，又不停地敲打窥视孔，直到指关节都敲疼了。

"来呀！"他生气地对同伴嚷道，"我们把这该死的门撬开！一定有人在家，不然灯不会亮着。"

没有人回答。

乔泰转过身来，巷子里就他一个人。

"那混蛋到哪里……"他困惑地刚要开骂，却突然收口不语。他看到陌生人的帽子掉在跨街过道下的石板上。乔泰骂了一声，把包裹放在地上，伸手从壁龛内拿下那盏油灯。他走上前仔细瞧那帽子时，突然觉得肩膀上被轻轻拍了一下。他转过身，没发现有人，但紧接着便看到一双沾满泥土的靴子悬在他的头旁。乔泰骂了一声，把油灯举高了往上看。只见那陌生人被一条细绳吊在过道的另一头，脑袋不自然地歪着，两条僵直的胳膊垂在身体两边。那条细绳从过道开着的窗户中穿过。

乔泰转身跑到过道底下的门前朝门狠命地踢了一脚。门向内开了，砰的一声撞在墙上。他飞快地爬上又陡又窄的石阶，进入黑暗低矮的跨街过道。他把油灯举高，看见一个穿着大食长袍的男子四仰八叉躺在窗前。那人一动不动，右手紧握着一支长尖头的短矛，只要看一眼那肿胀的脸和伸出的舌头，就知道他已经死了——被勒死的。

乔泰擦掉额头上的汗。

"对一个刚才还在豪饮的家伙来说，如果这还不算是最糟的话，也够他好瞧的了！"他嘟囔道，"这就是我在酒馆看到的那个大食混蛋。可那丑陋的矮子呢？"

他立刻把油灯照向对面过道。那儿有条向下的黑暗楼梯，但一切都是死一般的寂静。他把油灯放在地上，跨过大食人的尸体，动手去拽拴在窗台下一只铁钩上的细绳，慢慢地把络腮胡子拖了上来——死者那扭曲得可怕的面孔出现在窗外，血从他咧着的嘴中淌出。

乔泰把那仍然温热的尸体拖进来，放倒在地上，紧挨着死去的大食人。绳索已深深地勒进死者喉部，脖子看起来已经断了。他从另一端冲下楼梯，下到六七级台阶处有个矮门。乔泰把门敲得震天响，但没人应声。他用身子去撞门，虫蛀的旧木门很快就被撞破了。伴着一阵碟子、罐子的吮当声，他跌进一间昏暗的房间，身上还挂着一些碎木片。

乔泰赶紧站起身，见屋子中央缩着一个丑陋的大食老妪，正抬头望着他，张着她那掉光牙的嘴巴，惊恐得说不出话来。一盏铜油灯挂在黑乎乎的房椽下，一个大食少妇正蹲坐在角落里给孩子喂奶。她发出一声恐惧的尖叫，用破披风的一角护住自己裸露的胸脯。乔泰正要说话，对面的门突然开了，两个精瘦的大食人

乔泰转身，却见巷子里只剩他一人（高罗佩　绘）

挥舞着弯刀冲了进来。乔泰扯开上衣的衣襟，露出金徽。见到金徽，那两人便停了下来。

两个大食人正在那儿犹豫，后面又进来一个年轻许多的大食人。他把他们推到边上，径直走到乔泰面前，用不太流利的汉语问道：

"你闯进我们女人的住处是什么意思，军爷？"

"有两个男人在外面过道里被杀了，"他吼道，"说，谁干的？"

年轻人扫了一眼被撞坏的门，绷着脸说："那跨街过道里发生的事跟我们没关系。"

"跟你们的房子有关系。你这龟孙子！"乔泰咆哮道，"告诉你，那儿有两个人死了。快说，不然我把你们统统抓起来，到刑架上去拷问！"

"劳你驾看仔细点，大爷，"年轻的大食人轻蔑地说，"你撞破的门已经多年没开过了。"

乔泰转过头去，发现刚才那些碎木片原是属于高碗橱的，再一看，门口满是尘土，刚被撞断的是把锈了的锁。他知道，年轻人的话没错，通往过道的门确实已有很长时间没用过了。

"跨街过道里如果有人被杀，"年轻人接着说道，"每个路人都有嫌疑。街道两边都有楼梯通上来，而且据我所知，下面的门从来都是不上锁的。"

"那么，那过道是做什么用的？"

"六年前，对面的房子也归我父亲——商人阿卜杜拉所有，可后来被卖掉了，那头的门也就被封了。"

"你听到什么动静了吗？"乔泰问那个少妇。她疑惑不解，恐惧地望着他，没有回答。等到年轻人快速地把话翻译过去后，她断然地摇摇头。年轻人遂对乔泰说：

"这墙很厚，碗橱就放在那旧门前面……"他打着手势比画着。

另外两个大食人已经把匕首插回腰带。当他们正窃窃私语时，那丑老妪缓过神来，指着地上的陶瓷碎片，开始用刺耳的阿拉伯语滔滔不绝地抱怨起来。

"告诉她，会赔给她的！"乔泰说完又指着那年轻人道，"过来，你！"

他猫着腰穿过破门，年轻人跟在后面。来到过道，他指着死去的大食人问：

"这人是谁？"

年轻人在尸体旁蹲下来。他漫不经心地瞥了一眼那张扭曲的脸，解松了紧紧地缠在死者喉部的丝巾，然后用手指灵巧地摸了摸死者包头巾上的褶子。他直起身子慢慢说道：

"他身上没带钱，也没带什么身份牌。我以前从没见过他，但他一定是来自大食南部，因为那儿的人擅长投掷短标枪。"他把丝巾递给乔泰，接着说，"不过，杀他的不是大食人。你看见丝巾角上的银币了吗？它使丝巾变重，这样便于凶手从背后把它套在受害者的脖子上。这是懦夫的武器。我们大食人只用我们的矛、剑和匕首，为了真主和先知穆罕默德的荣誉。"

"阿门。"乔泰尖酸地说道。他若有所思地望着两具尸体，明白是怎么回事了。那个大食人不仅打算谋杀络腮胡子，而且还打算杀他。此人一直躲在窗边等他们，在乔泰先从过道底下走过去，而络腮胡子站在那儿等乔泰敲门时，他便把套索套在他的头上，猛地一拉把他扯了起来。接着，他把套索的一端系在钩子上，便去拿标枪。但是当他准备推开对面的那扇窗户，向乔泰后背掷出标枪时，第三个人从背后用丝巾勒死了他并逃之夭夭。

乔泰推开窗户，俯瞰下面的街道。

"我站在那儿敲那该死的门时，一定成了理想的目标！"他咕哝道，"如此尖的标枪头完全可以穿透我的甲衣！多亏了不知名的恩人救了我的命。"他转过身，对年轻的大食人生硬地说，"差人到大道上叫乘大轿子来！"

年轻人向破门里喊着什么的时候，乔泰检查了一下络腮胡子的尸体，可他身上没有能证明身份的东西。他闷闷不乐地摇了摇头。

他们在不安中静静地等待，直到听见楼下街道上有人在大声地吆喝。乔泰从窗户里探头望去，看到四名手拿火把的轿夫。他把死去的汉人扛到肩上，命令那年轻人说：

"在此守着你同胞的尸体，直到衙门的人过来。如果有什么闪失，拿你和你的全家是问！"

扛着沉重的尸体，乔泰小心翼翼、步履艰难地走下狭窄的楼梯。

三
▼

陶干走回市舶司。穿过高高的拱门时,他停了下来,见一些公差仍在一堆堆的大包和盒子间分拣着,空气中弥漫着一股刺鼻的外国香料的气味。他从后门离开,草草扫了一眼自己入住的那间阴暗的客栈,然后从南门进了城。

混在拥挤的人群中缓慢前行,他满意地发现,自己仍能辨认出路过的大多数房舍。和二十多年前他来这儿时相比,广州城显然并没有多大的变化。

他认出右边耸立的高大庙宇,这是关帝庙。他离开人群,走上宽大的大理石台阶,来到高大的门房前。大门两侧八角形的台座上各蹲着一个巨大的石狮子,左边的雄狮紧闭嘴巴向下怒视,而右边的母狮则昂着头,张大了口。

“她从不闭上那张该死的嘴！”陶干刻薄地嘟囔道，“就跟我那讨厌的前妻一个样！”

他慢慢捋着他那八字胡，嘲笑自己二十年来竟很少想起那不贞的妻子，直到这次重访年轻时待过几年的广州城，才让他突然回忆起这一切。他心爱的妻子无耻地欺骗了他，而且还试图毁掉他。因此，他不得不外出逃命。从那以后，他发誓不近女色，决心报复这个让他厌恶的世界。他成了一个江湖骗子，直到遇到让他改过自新的狄公。狄公让他做了亲随，这才使他对生活有了新的希望。狄公在各地担任地方官时，他一直跟着。狄公回到京城任职后，陶干也成了其属下官员。他阴沉的长脸上露出一丝扭曲的微笑，得意扬扬地对母狮子说：

“广州城还是老样子，可是看看我！我现在不仅是个大官，而且还是个富有的人。不，应该说是个相当富有的人！”他猛地正了正头上的帽子，对着母狮子凶恶的石脸傲慢地点了点头，然后走进了庙里。

经过大殿时，他向里飞快地扫了一眼。高置的红烛微微摇曳，一小群人正在往高坛上的铜制大香炉里添香。透过浓浓的蓝烟，他隐约看见美髯公威武高大的金色塑像。陶干嗤之以鼻，因为他并不欣赏武勇。他缺乏同僚乔泰那种体魄和力量，他也从来不带兵器；然而，他的大无畏和灵活机智也使他颇具威胁性。他继续向前走，绕过大殿来到院子后门。记得庙的正北方不远处便是城里最大的市场，他寻思，在去往城北黜陟使府的正街之前，不妨先到市场上转转。

庙后的居民区有许多破旧的木屋，那里吵吵嚷嚷的，有人叫，有人笑，空气中弥漫着低劣的油烟味。然而，再往前一点，街上突然变得非常寂静。此处只有废弃的房子，不少已成废墟，但从隔一段距离便摆着一堆堆新砖和装满灰浆的大坛子看，这里正在盖房子。他朝身后望了几次，发现后面没人跟着。他迈着稳稳的步子往前走，尽管天气闷热，但他仍把长袍紧紧地裹在瘦削的身上。

转过另一条小巷时，他听到前面市场里传来的喧闹声。与此同时，他看到远处有异动。在一根挂着灯笼的破门柱下，两个衣冠不整的地痞正企图强暴一名女子。陶干快速向他们奔过去，只见女子身后的那个无赖正用一只手臂勾住她的下巴，另一只手把她的两只胳膊扭在背后。第二个人则站在她面前，撕开了她的衣袍，正在玩弄她裸露的一对匀称的乳房。当他动手扯松她腰间的带子时，那女子拼命踢他的腿，但她身后的那个无赖却把她的头猛往后拉，前面那人便对着她裸露的腹部狠狠击了一拳。

陶干迅速从最近的砖堆上捡起一块砖，另一只手从边上的大坛子里抓起一把生石灰。他踮起脚尖走到那两个人跟前，对准抓住女子的那名无赖的肩膀，用砖头狠狠地砸下去。那人松开了手，紧捂着被砸折的肩膀惨叫一声。另一个无赖转向陶干，伸手摸向腰带上的匕首。陶干把生石灰朝他的眼睛撒去，那人双手捂住脸，痛苦地嗷嗷直叫。

"弟兄们，把这两个狗杂种抓起来！"陶干喊道。

伤了肩的无赖一把抓住正在嗥叫的同伙的胳膊，拉着他顺小巷飞奔而去。

女子把衣袍拉紧，大口喘着气。她的头发拢在颈后，盘成两个发髻，这是未婚少女的发型。他隐约觉得，她相当漂亮，年龄在二十五岁左右。

"到市场去，快！"他用广州话粗声对她说，"趁那两个家伙还没发现我是吓唬他们之前。"

看她略有迟疑，他便抓住她的袖子，拽着她朝喧闹的市场跑去。

"在这样一个没人住的地方独自行路，你是自找麻烦，姑娘，"他用责备的口气说道，"或者你认识那两个无赖？"

"不，他们一定是流窜的恶棍，"她答道，声音温柔，很有教养，"我从市场上出来后，抄这条小路要去关帝庙，却碰上了那两个人。他们假意先让我过去，然后突然从后面抓住我。多谢您及时相救！"

"还是感谢你的好运气吧！"陶干粗声说。等他们来到灯火通明的市场南侧那条拥挤的街道时，他又补充了一句："最好等大白天再去庙里吧！我先走了！"

他正要拐到摊位间狭窄的走道上，那女子却把手放在他的胳膊上，怯生生地请求道：

"请告诉我面前这家店铺叫什么名字。这一定是家水果店，因为我能闻到柑橘的气味。如果知道我们现在的位置，我就可以自己找到路了。"

说着，她从袖子里掏出一根细竹管，然后抖出几节更细的竹节。这是一把可以伸缩的手杖。

陶干急忙看了一下她的眼睛，她眼里是一片死沉沉的暗灰色。

"我当然要送你回家。"他愧疚地说。

"不用了，相公。我对这一带很熟悉，我只需要一点提示。"

"我该宰了那两个婊子养的懦夫！"陶干气愤地咕哝道。他对女子说："喏，这是我的袖角，我给你领路，你会更快到家的。你住何处？"

"您想得真周到，相公。我住在市场的北角。"

他们一道往前走，陶干用瘦削的胳膊肘挤开一条路。过了片刻，她问道：

"您现在是州衙的军爷，对吗？"

"哦，不！我只是个商人，从西城来的。"陶干急忙回答说。

"啊，恕我失礼！"她温顺地说道。

"是什么让你认为我是个军爷呢？"陶干好奇地问。

她犹豫了一会儿，然后答道：

"噢，您的广州话很流利，可我的听觉非常灵敏，能听出您的京城口音。第二，在您吓唬那两个人时，您的声音里有种威严。第三，城里人都各忙各的事，没有哪个老百姓敢独自去对付两个非礼妇女的恶棍。我还可以说，我能清楚地感觉到您是个仁慈而体贴的人。"

"推断得不错，"陶干冷冷地评论道，"只是最后一句实在错得离谱！"

他瞥了她一眼，发现她平静的脸上缓缓闪出一丝笑意。她两眼分得很开，嘴唇丰满，样子看起来有点奇特。不过，他觉得她异常的动人。他们默默地向前走，等到了市场的东北角，她说道：

"我住在右边第四条巷内。从现在起，最好由我为您引路。"

他们继续往前走，狭窄的街道变得非常黑暗，两边都是年久失修的两层高的木屋。那女子用手杖轻轻地敲着鹅卵石铺就的街道，当他们进入第四条巷子时，周围更是漆黑一片，陶干只好小心翼翼地迈步，以免在高低不平、滑溜溜的路面跌倒。

"在这些合租的房屋里住着几家市场小贩，"她说，"他们夜里很晚才回来，所以这里很安静。好，到了。小心楼梯，很陡。"

该是告别的时候了，但他对自己说，既然已经来了，不妨多了解一下这奇怪的女子。于是，他跟着她走上吱嘎作响的黑暗楼梯。到了上面之后，她引他到一个门前，推开门说：

"您正右方的桌子上有支蜡烛。"

陶干用他的引火盒点亮了蜡烛，烛光照亮了这个又小又空的房间。地是木地板，三面墙上的灰泥已经开裂，一面没有墙，只有一个竹栏杆把这间屋子与相邻屋舍隔开。远处，高大建筑物的穹顶在夜空中显得很突出。屋内十分干净，一尘不染。蜡烛旁有只廉价的茶篮、一只陶制的茶杯，还有一只放着几条黄瓜和一把细长刀子的大浅盘。桌前是个原木的矮方凳，靠边墙的是一条窄窄的长凳。他看见房间后面有一挂高高的竹帘。站在这里，微风送爽，而街上仍然闷热。

"您看，我没什么可招待您的，"她认真地说，"我带您来这儿，是因为我最不喜欢欠别人的情。我年轻，也不太难看，如果您想和我睡觉，您就可以睡。我的床在屏风后面。"他惊讶得无言以对，呆呆地盯着她看，而她却平静地补充道："您不必有什么不安，因为我已经不是处女了。要知道，去年我曾被四个喝醉酒的兵士强奸过。"

陶干看着她那张宁静而苍白的脸，缓慢而刻薄地说：

"你要么是彻头彻尾地堕落了，要么是难以置信的坦诚。不管是什么，我都对你说的不感兴趣。事实上，我只对'人'感兴趣，而你对我来说恰好是一种不同的人。所以，聊一会儿喝一杯清茶，足以了结你所欠我的人情债了。"

她淡淡地一笑。

"请坐！我要换一下这撕破的衣袍。"

她消失在帘子后面。陶干从篮子里拿出茶壶，为自己倒了一杯茶。他一边抿着茶，一边好奇地看着。屋檐下有一根横杆，上面用竹钩挂着一排小笼子，大约有十来个，每个的尺寸和形状都不一样。他转过身，看见长凳上方的架子上有四个绿色陶制的大罐子，上面严严实实扣着竹编的盖子。他困惑地皱了皱眉，仔细一听——他听到一种不太清晰但持续的鸣叫声。这种声音看来是从那些小笼子里传出来的。

他起身走到栏杆边，仔细察看那些笼子，声音就是从笼子中的小孔中传出来的。他突然明白了，笼子里装的是蟋蟀。他本人对那些小虫子没什么特别的兴趣，但知道有许多人爱听它们的鸣叫声，而且会用象牙雕的或银丝编的昂贵小笼子装几只养在房里。还有一些人热衷于在酒楼里或市场上斗蟋蟀，他们把一对这种好斗的昆虫放进雕花的竹管里，再用细草逗痒它们，让它们开牙。这些人往往在蟋蟀的格斗上下相当大的赌注。此刻，他注意到，每只蟋蟀发出的声音都略有不同。然而，所有的声音都被挂在横杆末端的一个小葫芦里所发出的清脆而持久的叫声所压倒。开始时，它的声音并不大，之后声音越来越大，变成令人惊讶的清脆高音。他把葫芦取下，贴近耳朵，突然，那震颤的鸣叫变成了低吟。

女子从竹帘后面出来，穿着一件朴素的绲着黑边的橄榄绿衣袍，腰间系着一条细细的黑腰带。她快步向他走来，发狂似的在空中摸索那只小笼子。

"小心我的'金铃'！"她叫起来。

陶干把葫芦放回她手上。

"我只是在听它美妙的叫声，"他说，"你卖这些小虫子吗？"

"是的，"她答道，一面把葫芦挂回到横杆上，"我要么在市场上卖，要么直接卖给好主顾。这是我最好的一只，非常罕见，特别是在我们南方。行家叫它'金铃'。"她在长凳上坐下，把纤细的双手叠放在膝上。她接着又说道，"我身后架子上的罐子里养着几只斗架用的蟋蟀。它们很可怜，我不想它们强健的双腿和漂亮的长触须在格斗中折断，可我又不得不养它们，因为不断有人要买。"

"你怎么捉到的？"

"我只是顺着花园和老房子的外墙随便走走。根据它们的叫声，我能辨出好蟋蟀，然后用水果片做诱饵。这些小东西很聪

陶干将装有金铃的小葫芦放回到盲女手中（高罗佩 绘）

明，我甚至认为它们认识我。如果在屋里我把它们放出来，只要我一叫，它们总是立即回到笼子里去。"

"没人照顾你吗？"

"我不需要任何人，我能照顾好自己。"

陶干点点头。接着，他机警地抬起头来，因为他听到外面的楼梯嘎吱作响。

"你不是说你的邻居半夜才回来吗？"

"他们的确半夜才回来。"她答道。

他再仔细一听，但只能听到蟋蟀的吟唱。他想，一定是弄错了。他半信半疑地问：

"你多半时间都独自待在这房子里，行吗？"

"哦，行的！对了，您可以说北方话，我对你们的话很熟悉。"

"不，我倒宁愿练练自己的广州话。你在这城里没有家吗？"

"有的，但自从眼睛出了毛病之后，我就离开了家。顺便说一下，我的名字叫蓝丽。我仍然认为您是个军爷。"

"是的，你的判断没错。我算是个公人，一位京官的随从。我姓陶。你卖这些蟋蟀的钱够你每天花用吗？"

"足够了，而且还可以存一点！我只需要早晚买个油饼，中午买碗面条。蟋蟀一点也不花钱，却能卖出好价钱。譬如那只'金铃'，它能值一锭银！不过，我还没想过要卖它！今天早晨，我醒来时听见它唱歌，真是高兴极了。"她微微一笑，接着说，"您知道，我是昨夜才得到它的。真是太走运了。我碰巧沿着华塔寺的西墙走……您知道那佛寺吗？"

"当然。华塔寺，在西区。"

"没错。唔，我在那儿突然听见它的声音，似乎是受了惊吓。我把一片黄瓜放在墙脚，然后叫它，就像这样。"她噘起嘴唇，发出一种奇怪的、像蟋蟀鸣叫的声音，"然后，我蹲下来等着。最后它终于出来了，我听到它在嚼黄瓜片。等它吃得饱饱的正开心时，我便把它哄进我随身带在衣袖中的空葫芦里去。"她抬起头，说道，"听！它又在唱美妙的歌了，不是吗？"

"确实很好听。"

"我想，时间长了，您也会喜欢上它的。您的声音听起来很和善，不会是个霸道的人。您刚才把那两个侮辱我的男人怎么了？他们好像很痛苦。"

"噢，我可不是个拳师。要知道，我年纪大了，年龄大概是你的两倍吧。不过，我阅历很广，学会了如何照顾自己。我希望你也学学，蓝丽，从现在开始。这世上到处都是这种占姑娘便宜的下流胚子。"

"您真这样想吗？我觉得不然。总的来说，我认为人们还是很善良的。如果他们下流，那主要是因为他们不快乐或孤独，或者得不到想要的东西，或者是得到了太多想要的东西。不管怎样，我敢打赌，那两个男人连买顿饱饭的钱都不够，更别说买女人了！他们把我吓坏了，我以为他们完事后会把我打得不省人事。但现在我意识到，他们应该不会那样做，因为他们知道我是瞎子，永远也无法告发他们。"

"下回我再遇见他们，"陶干气呼呼地说，"我将给他们每人一块银子，算是对他们仁慈之心的奖赏！"他喝干了茶，满意地咧嘴笑道，"说到银子，我想他们现在一定非常需要！因为其中一个从此再也动不了右臂；另一个呢，用水把眼里的石灰洗出来时，将会落下终身残疾！"

她跳了起来。

"您干了多么可怕的事啊！"她气愤地喊起来，"好像还乐在其中！您真是个卑鄙、残忍的人！"

"你是个愚不可及的小女人！"陶干反唇相讥道。他站起身向门口走去时，又尖酸地加了一句："谢谢你的茶！"

她伸手摸到蜡烛，跟在他后面走到楼梯口，把蜡烛举得高高的。

"当心，"她平静地说，"楼梯很滑。"

陶干嘀咕了一句，便走下楼去。

站在小巷里，他瞪大眼睛仔细看那房子。出于习惯，他告诉自己，我当然没有要回这儿来的意思，我不需要女人，更别提那个愚蠢的小娘儿们和她的蟋蟀了！他继续往前走，心里相当恼火。

四
▼

　　自北向南穿过城区的那条正街，被店铺、饭馆和酒楼的五彩
缤纷的小油灯照得通明。随着人流往前走，听着东一句、西一句
的交谈声，甚至口角声，陶干的心情又好了起来。当黜陟使府高
高的外墙映入眼帘时，他脸上又浮现出惯常的嘲讽般的微笑。

　　此处店铺不多，行人和车马也少了。他眼前是高大的建筑
物，大门口有全副武装的兵卒把守。左边是衙署的各个部门，右
边是府兵的大本营。陶干从黜陟使府宏伟的红漆大门前的宽阔大
理石台阶旁边走过，沿着令人生畏的有雉堞的墙壁，他来到院子
东角的一扇小门前，敲了敲窥视孔，向卫卒报了身份。门开了，
他穿过有回音的大理石长廊，走到西侧独立的庭院。狄公就住在
这里。

在门房里，身穿漂亮制服的总管竖起眉毛，仔细打量这位衣冠不整的来客。陶干不慌不忙地脱下长袍。他里面穿的是一件深褐色的袍子，衣领和袖口都有标示他京城官员职衔的金线刺绣。总管赶紧深深鞠躬，毕恭毕敬地接过他的破旧衣服，然后打开了高高的大门。

空荡的大厅里，十二只银烛台散发出暗淡的光亮，烛台就放置在靠墙的两排庄严粗大的红漆柱子之间。大厅左边放着一张宽大的檀香木雕花长榻和一张桌子，桌子上放着高高的青铜花瓶。大厅中间铺着一块巨大的深蓝色地毯。陶干看到大厅尽头处有一张极大的书案，安放在金色的屏风前。狄公坐在书案后面，乔泰则坐在对面的一张矮椅子上。大厅里很凉爽，也很安静。陶干迈步向里走去，闻到了檀香木和凋谢的茉莉花的淡淡香气。

狄公身穿一件绲着金边的紫色长袍，戴着有政事堂宰相金色标志的乌纱帽。他仰靠在一张宽大的扶手椅上，双手叠放在衣袖里。乔泰似乎也若有所思，耸着宽肩膀，两眼盯着桌上的青铜古董。陶干再次感到，狄公最近四年来老了许多，脸比以前更瘦了，眼睛和嘴巴四周也有了许多深深的皱纹，浓密的眉毛依然乌黑，但长须、短髭和鬓角都已露出灰白色了。

陶干走到桌前，躬身施礼。狄公抬眼望了望，直起身子，抖开长袖，用深沉洪亮的声音说道：

"挨着乔泰坐下！有坏消息，陶干。我派你们俩乔装去码头是对的，因为那样至少使事情有所进展。"他对仍然站在那儿的总管说，"上新茶！"

总管走后，狄公把胳膊支在桌上，盯着两名亲随看了片刻，然后凄然一笑，继续说道：

"我们又聚在一起真好，伙计们！自进京以后，我们各忙各的事，难得有机会聊聊。不像我当县令时，我们几乎每天都可以闲聊。那时真好，洪亮和我们在一起，而且……"他疲惫地伸手在脸上抹了一把，极力控制住自己的情绪，坐起身来。他打开折扇，轻快地对陶干说："乔泰刚才目睹了一起命案。不过，在他告诉你之前，我想先听听你对广州城的印象。"

他对陶干点点头，又靠回椅子上，并开始扇扇子。陶干在椅子上挪了挪身子，然后平静地说道："乔泰和我护送大人您来黜陟使府之后，我们乘轿子去了城南，按您的命令在大食人的聚居区附近找住处，大人。乔兄选了清真寺附近的一家客栈，我在紧靠南门外的码头上选了一家。我们随后到一家小饭馆吃了中饭，沿着江边溜达了整整一个下午。我们看到附近有很多大食人，听说大约有一千人在城里定居，还有一千在港口里的船上。然而，他们极少与人来往，好像也不和汉人接触。后来，我们还看见一名市舶司的兵卒打了一个大食人，一些大食水手便耍起横来。不过，待兵卒们赶到、一个头领模样的大食人出言训斥后，水手们很快就平静了下来。"

陶干若有所思地捋着胡子，接着说："广州是南方最富裕的城市，大人，以淫逸的夜生活，特别是珠江上的花船而闻名。这里的生活节奏几近疯狂，今天的富商也许就是明天的乞丐，赌桌边每晚都有人发财，有人破财。对于大大小小的敲诈勒索者和骗子来说，这里无疑是真正的极乐世界，每天都进行着大量的骗钱勾当。广州人，尤其是商人，他们不太关心时局。如果他们偶尔抱怨一下朝廷，同绝大多数商人一样，也只是因为朝廷官员干涉他们的生意。不过，我没发现什么真正的不满，也看不出一小撮大食人能在这儿挑起多大的麻烦。"

狄公没说话，陶干继续说道：

"离开码头前，我们在一家酒馆结识了一位姓倪的船主。他人相当不错，能说阿拉伯语和波斯语，还曾去波斯湾做过生意。他可能会是个有用的关系，因此乔泰接受了他的邀请，明天去拜访他。"他小心地看了狄公一眼，然后问道，"您为何对那些异族如此感兴趣呢，大人？"

"陶干，有一位非常重要的人物在城里失踪了，而我希望能从他们那里获取线索。"狄公打住话头。在总管挑剔的目光下，两个仆人把装着精致古瓷壶的茶盘放到桌上。总管倒好茶后，狄公对他说："你可以到外面去等着。"然后盯着他的两名亲随，接着说道：

"自从陛下病倒以后，朝廷中形成几个敌对的派别。有的支持合法的皇位继承人太子；有的支持皇后——她想用自己家族的一员来取代太子；还有的正在组成一个强大的集团，主张在皇上驾崩后实行摄政。其中起举足轻重作用的那个人是御史刘大人。我估计你们还没见过他，当然，你们听说过他。他虽然年轻，却是个正直且极有能力的人，对大唐皇朝忠心耿耿。我同他关系密切，我非常赏识他的才华，万一一发生危机，我会全力支持他的。"

狄公抿了一口茶。他思索片刻，接着说下去：

"大约一个半月之前，刘大人带着他的心腹幕僚苏主事和若干武将来到广州。政事堂差他来督察渡海远征安南的准备工作。

回京后，他递交了一份肯定的奏章，称赞岭南道黜陟使温健的政绩卓著。我现在就是温黜陟使的客人。

"七日前，刘大人突然回到广州，这次只有苏主事陪同。没有上峰的命令，也没人知道他第二次来广州的目的。他没有通知黜陟使，也没来黜陟使府，显然是想微服出行。但是，黜陟使的一名探子在大食人的聚居区偶然看到正在赶路的刘大人和苏主事，而且据说他们穿得很寒酸。黜陟使将此事上报京城之后，政事堂命他查到刘大人的行踪，并通知刘大人政事堂令其火速返京，朝廷令他速速上殿回话。黜陟使调动人力进行察访，包括探子等等，把广州城篦了一遍，却一无所获。刘大人和苏主事彻底失踪了。"

狄公叹了口气。他摇摇头，继续说道：

"此事乃官府机密，严防泄漏，因为刘大人长期不在京城会严重影响政局。政事堂怀疑这里可能出了重大事件，于是通知黜陟使到此为止，命他停止搜寻。然而，与此同时，政事堂又命我以巡视商务贸易之名来广州进行秘密调查。但真正的使命是与刘大人取得联系，搞清他为何要来广州以及因何事滞留此地。至于苏主事，我们就不用找了，他的尸首就躺在侧厅。乔泰，你告诉陶干发生了什么事！"

乔泰向他惊讶的同僚简要地讲述了大食人聚居区发生的双重命案。他讲完之后，狄公说：

"乔泰带回的尸首，我一眼就认出是苏主事。你们俩在码头上溜达时，这位刘大人的随员一定是看见了乔泰。但是，只要你陶干和乔泰在一起，他就不想和乔泰搭话，因为他以前没见过你。他跟着你们到了酒馆，见你们分手后便与乔泰搭话。然而，苏主事自己却又被大食刺客和神秘的矮子跟踪了。那两个人一定是看见他和乔泰搭话，所以迅速采取了行动。大食人聚居区就跟兔子窝一样，巷子弯弯曲曲，还有外人想不到的小道。他们和同伙可以跑到前面，守在乔泰和苏主事必经的两三条巷子里。不过那个大食刺客并未完全得逞，他原本还打算杀死乔泰的，但一个身份不明的第三者又卷了进来，勒死了他。看来，我们必须对付两个组织严密且手段残忍的团伙。不过，他们的目标却是相互冲突的。由此可见，刘大人遇到了很大的麻烦。"

"是什么样的麻烦，就没有丝毫的迹象吗，大人？"陶干问道。

"没有，但他显然对这里的大食人感兴趣。你们早上出去找住处的时候，黜陟使带我来到这东厢房。我叫他把去年相关此地的秘密档案送给我看，让我大致熟悉一下情况。我花了一个上午仔细读了那些档案，但只发现一些常见的问题，与这儿的大食人毫无关系，也丝毫看不出有什么让刘大人特别感兴趣的地方。不过，我确实发现了探子的案呈，说他看到了刘大人和苏主事。报告中说，他们两个穿得很寒酸，看起来憔悴而忧虑。刘大人当时正和一个过路的大食人说话。当探子正要上前查实他们的身份时，三个人却消失在人群中。探子于是赶紧回黜陟使府，向黜陟使禀报了他所看到的一切。"

狄公喝干了茶，接着说："离开京城之前，我研究了一下刘大人正在处理的一些事务，但其中并未提及广州或这儿的大食人。至于他个人，我只知道他是个相当有才干的人，尚未娶妻，除了苏主事外，没有其他的亲密朋友。"他严厉地看了两名亲随一眼，又说道，"你们注意，千万不能让黜陟使知道这一切！刚才同他喝茶时，我告诉他苏主事是个从京城来的可疑分子，与这儿的大食恶棍混在一起。一定要让黜陟使认为，我们来此只为巡视海外贸易。"

"那是为什么，大人？"乔泰问道，"他是此地的封疆大吏，或许他可以帮我们……"

狄公重重地摇了摇头。

"你们务必记住，"他说，"刘大人第二次来广州并没有通知黜陟使。这也许表明刘大人在此地的公务非常机密，连黜陟使都不敢告知。不过，也可能是刘大人不信任黜陟使，并怀疑黜陟使与他追查的神秘之事有所牵连。不论是何种情况，我们都必须遵循刘大人的机密策略，至少在我们得知更多情况之前，我等必须如此。因此，我们无法利用当地衙门所能提供的便利。不过，午膳后，我也召见了黜陟使府的法曹，他选派了四名探子来帮助我们进行日常调查。你们知道，探子是完全独立的，衙门管不了他们，他们可直接向长安汇报。"他叹了口气，接着又说道，"你们看，我们面临的是一项特别艰巨的任务。我们一方面必须伪装与黜陟使密切合作，完成一项虚构的使命，另一方面又要极为谨慎地进行自己的调查。"

"而且还有一个未知的对手在监视我们！"陶干说。

"不是监视我们，是监视刘大人和苏主事，"狄公纠正道，"那个人或那些人不可能知道我们来此的真正目的，这是朝廷机密，只有政事堂知道。他们监视苏主事，估计也可能监视刘大人，因为他们不想让他们俩与外人交往。既然他们不惜采取谋杀的手段，刘大人的处境也许相当危险。"

"黜陟使有什么值得怀疑的吗，大人？"乔泰问道。

"据我所知，没有。我离京前去吏部查过他的档案。档案中称，他是一名勤奋、干练的官员。二十年前担任本地衙门的法曹时，他就是一个才华横溢的后生了。后来，他在几个地方当过县令，政绩卓著，于是被提升为刺史。两年前，他被派到广州，这次是担任整个岭南道的黜陟使。他的家庭很传统，有三个公子和一个千金。我发现，对他的唯一微词是说他野心勃勃，非常想当京城的府尹。噢，我向黜陟使乱扯了一通关于苏主事的事之后，便令他在晚膳前一刻时召集最好的商务贸易行家开个会，我希望我能打着了解海外商务贸易的幌子获得一些关于大食人的情况。"他站起身来，补充说，"我们现在去议事厅吧，他们一定在等我们了。"

他们走向门口时，陶干问道：

"刘大人与那些异族会有什么关系呢，大人？"

"这个，谁知道呢。"狄公小心翼翼地说道，"目前大食各部落已经团结在一个他们称为'哈里发'的首领周围。此人的骑兵队已经基本上踏遍了那些贫瘠的西部地区。当然啦，那些遥远的国度里所发生的事与我们无关，那个哈里发还没有显贵到敢派出进贡特使来向陛下乞求封侯。但是，他将来可能会跟我们西北部边境外的主敌鞑靼人建立联系；而且，在南方，这儿的大食船只也有可能会向安南的叛军提供武器装备。只要想到这两种可能性也就足够了。不过，我们别陷入无谓的揣测。来吧！"

五
▼

　　总管恭敬地领着狄公和他的两名亲随穿过迷宫一般的游廊。中央庭院里点着彩色油灯，一群文员、驿使和卫兵正在忙碌着。穿过这个庭院，总管带他们走过一扇雄伟的大门，来到豪华的议事厅，厅内被几十支一人高的烛火照得通亮。

　　长着络腮胡、宽肩膀的大个子黜陟使上前来迎接狄公。他深施一礼，华丽的闪着光的绿色锦缎长袍的袖子都扫到了大理石地面了，颤动着的官帽翅翼上嵌着的金色饰物叮当作响。听到狄公介绍乔都尉和陶主簿，他又躬身施礼，不过这次只是敷衍了一下而已。然后，他介绍他身边的瘦弱长者鲍宽，说他是广州都督。这位都督也躬身深施一礼。

　　狄公吩咐都督免礼。他漫不经心地瞥了一眼鲍宽布满皱纹且忧愁的面容，便随黜陟使到了后面。黜陟使请他坐上一把宝座般的椅子，然后自己恭敬地站在座台前。虽然贵为岭南道的最高长官，但他终究比狄公低几个官级。现在的狄公领政事堂宰相已有两年，同时兼领大理卿。

狄公坐了下来，乔泰和陶干分立座台两旁。陶干穿着褐色长袍，戴着乌纱帽，看起来相当体面。乔泰则头戴有穗的头盔，腰佩从黜陟使府兵器库里拿来的剑，他的紧身甲衣也凸显出他那宽阔的肩膀和肌肉结实的胳膊。

黜陟使躬了躬身，一脸严肃地说道：

"遵照大人您的指示，我召来了梁福和姚开泰二位地方缙绅。梁员外是广州城最富有的商人之一，他……"

"他是那桩臭名昭著的九重命案中几乎被杀光了的梁氏家族的成员吗？"狄公打断他的话，"十四年前，我任浦阳县令时处理过那桩案子。"

"那是大人您最著名的案子之一！"黜陟使讨好地说道，"广州这里至今还有人带着感恩和仰慕的心情谈论此事呢！不过，这位梁员外属于另一支梁氏家族，他是已故梁将军的独子。"

"一个显赫的家族。"狄公说。他打开扇子，继续说道："将军是位勇猛的战将，有雄才大略，被誉为'南海王'。我只见过他一面，但仍然清楚地记得他那不寻常的外貌。他五短身材，肩膀宽阔，长着一张扁平的丑脸：额头低，颧骨高。但只要一看到他那双敏锐的眼睛，你就会明白，在你面前的是一位真正的伟人！"他将将胡子，然后问道，"他的儿子怎么不子承父业呢？"

"他体弱多病，不适合军旅生涯，大人。真是可惜，不过他继承了父亲的韬略才干，这一点从他在大生意的精明上就可以看出。就小的方面而言，他棋艺出奇的高超！梁员外是本地弈棋的一把好手。"黜陟使使用手捂住嘴咳了一声，接着说，"当然，像梁员外这样出身名门的人是不会屈尊直接与……与那些野蛮的番商接触的，但他消息灵通，知晓所有的事情。相反，姚员外则与那些外番商人——主要是大食人和波斯人有着密切联系。他不在乎，他出身于一个相当……呃……普通的家庭，而且他是个宽宏大量、十分随和的人。我想这两位员外应该能向大人全面地介绍在下所管辖地区的海外商贸情况。"

"这是座大城，"狄公随口说道，"除了这两位员外之外，此地应该还有更多的行家里手吧？"

黜陟使飞快地瞥了他一眼，平静地说：

"对外贸易我们管理得十分严密，大人。不得不如此，因为官府只掌控了部分，而幕后牵线的正是这两位员外。"

乔泰走上前来说道："我听说，有一位姓倪的船主也被认为是这方面的专家。他的船定期往返于广州和大食各港口。"

"倪？"黜陟使问道，他用询问的目光看了都督一眼。鲍都督慢慢捋着自己那一小撮山羊胡子，含糊地说：

"噢，是的，这位船主在航运业上颇有些名气。不过，近三年左右的时间，他似乎一直待在陆上，正过着相当……呃……放荡的生活。"

"我明白了。"狄公说道。然后，他对黜陟使说："那么，就让你说的那两位员外进来吧。"

黜陟使吩咐都督去叫人，然后走上座台，站在狄公的左边。不一会儿，都督领着两个人进入大厅，其中一位身材矮小，十分瘦弱，另一位则个子颇高，肚子很大。当他们俩在台前跪拜时，都督介绍说第一位是商人梁福，另一位大腹便便者是姚开泰。

狄公叫他们平身。狄公见梁福脸色苍白，表情冷漠，留着漆黑的像丝一般光滑的短髭和稀疏的山羊胡。他身穿橄榄绿长袍，头上戴着的纱帽表明他读书人的身份。姚开泰则完全不同，他有一张快活的圆脸，留着浓密的八字胡和修剪整齐的连鬓络腮胡，迟钝的大眼睛周围有一圈细细的皱纹。他微微有些喘气，红润的脸上满是汗珠。显然，他那件深褐色的锦缎礼服让他觉得不自在。

狄公说了几句客套话，便开始向梁福询问有关贸易的状况。梁福说一口标准的官话，回答问题时泰然自若且非常切题，看起来聪明非凡。狄公非常惊愕，广州的大食侨民数量比他想象的还要多。梁福说，大约有一万左右大食人居住在城内和郊区。而且，他补充说，大食侨民的数量会随着季节有增有减，因为大唐和大食的船主们都要在广州等待冬季季风。一俟冬季季风来临，他们才能开船去安南和爪哇，然后再去锡兰，从那里再穿过印度洋到波斯湾。梁员外说，大食和波斯的帆船可载五百人，而大唐的船只则能载更多。

下面轮到姚员外说了。看来他被这几位高官吓到了，开始时有些慌乱，但等他开始讲述自己的生意时，狄公便发现，他是个善于理财的精明人。姚员外说出了一系列由大食商人引进的产品

两位员外向狄公细禀有关商贸之情况（高罗佩　绘）

之后，狄公说道：

"我想不明白，你是如何分辨所有那些外国人的。在我看来，他们都长得一个样！每天与那帮不开化的异族打交道，一定很烦吧！"

姚开泰耸了耸圆圆的肩膀。

"在生意上只能是怎样就怎样，大人！再说有些大食人粗通一点中国文化。譬如那位大食人聚居地的首领曼苏尔吧，他就可以流利地说我们的话，而且待人也很周到。事实上，今晚我还与他有约，要早早去他那儿吃饭。"

狄公注意到，他的脚不安地动来动去，似乎急着要走，就说：

"多谢你提供的宝贵情况，姚员外。现在你可以走了。带乔泰都尉一道去参加那个大食人的晚宴吧，这对他来说一定是个有趣的经历。"他示意乔泰过来，小声吩咐道，"看看大食人在城里是怎样分布的。注意看，注意听！"

一名随从领着乔泰和姚员外走出大厅。狄公与梁员外又聊了一会儿其已故父亲的海战往事，然后也让他回去了。狄公默默地扇了一会扇子，突然对黜陟使说：

"这儿离京城很远，广州人又是出了名的桀骜不驯，生来不愿受约束。再加上那帮外国人，可以想象，维持广州城的治安并非易事。"

"我没什么可抱怨的，大人。鲍都督是个能干的官吏，手下人也很有经验，而且我们的驻军是由北方来的，训练有素。本地人有时候的确有点无礼，但总的来说，他们还是守法的，而且用一些策略……"

黜陟使耸耸肩膀。鲍都督似乎想说些什么，但显然又改变了主意。

狄公啪的一声合上了扇子，站起身来。黜陟使把狄公和陶干送到门口，命总管送二人回到狄公自己的住处。

趁着月光，狄公让总管带他们到后院的一个亭子里。那儿有一个观鱼池，送凉奉爽。他们在大理石曲栏旁的一个小茶几边坐了下来，并打发走了总管。狄公缓缓地说：

"此次会面很有意思，可除了知道这里的大食人比我们想象的还要多之外，对我们也没多大帮助。或许我忽略了什么？"

陶干忧郁地摇了摇头。过了片刻，他说道：

"您说过，刘大人的生活无可挑剔，大人，但他的私生活呢？作为一个年轻的单身汉……"

"我也想过这个。作为大理卿，我有各种特殊的便利，查查他的私生活也是易事。虽然他是个英俊的后生，可他对女人显然毫无兴趣。京城里许多名门望族都想招他为婿，却都徒劳无功。像他这种地位的人几乎每晚都要出席宴会，席上总有些迷人的名妓陪酒，而他也从不勾搭其中的任何一个。这种兴趣之缺乏并非源于生来厌恶女人，你知道，这种性格在英俊的后生中并不少见。他之所以不近女色，仅仅是因为他完全沉浸于工作之中。"

"他就没有嗜好吗，大人？"

"除了对蟋蟀有极大的兴趣外，其他没有。他收集了很多，有鸣唱用的，有斗架用的。我上回与他交谈时曾聊到这个话题。那时我注意到从他袖子里发出一种叫声。于是，他便拿出一只养在银丝小笼子里的蟋蟀，说他总是随身带着它。那是个罕见的品种，叫'金铃'，如果我没记错的话。他……"狄公突然住口，因为他看见陶干一脸的震惊。"怎么啦？"他惊讶地问道。

"噢，"陶干慢慢地回答说，"我在来这儿的路上恰巧遇见一个卖蟋蟀的盲女，她昨晚逮到了一只迷路的'金铃'。当然，这肯定是个巧合。不过，她也告诉我这是个极为罕见的品种，特别是在南方这儿，它也许……"

"这要看她是如何逮到的，又是在何处逮到的。"狄公简短地答道，"对我仔细说说你们的邂逅！"

"我是偶然在市场附近碰到她的，大人。她自己捉蟋蟀，能从它们的鸣叫声中辨出品种的好坏。在路过城西著名的华塔寺的西墙时，她听到'金铃'所发出的特别叫声。它一定是藏在墙缝里。她说，它的声音听起来像是受了惊吓。她放下一片诱饵，再把蟋蟀哄进小葫芦里。"

狄公没说话。他将了一会儿胡子，然后若有所思地说：

"当然，这样的巧合确实微乎其微，但也不能排除，即这确实是刘大人的'金铃'，它是当主人行至那一带时逃出笼子的。趁着乔泰去曼苏尔的宴会上收集情报，我们不妨到寺里去看看能不能得到有关刘大人行踪的线索。不管怎样，我听说那里是广州城的名胜之一。我们可以在路上的小店里用晚膳。"

"千万不能，大人！"陶干惊骇地反对道，"原先您还是县令时，偶尔微服去城里转转倒没什么，可现在您是朝廷的要员，您真的不能……"

"我能去，也一定要去！"狄公打断他的话，"在京城，我不得不讲究与我官位相称的那些排场，那是没办法的事。可现在我们不是在京城，而是在广州，我当然不会错过出去的好机会！"在陶干进一步反对之前，他猛然站起身来补充道，"等我换好衣服，在前厅会合。"

六
▼

　　乔泰和姚员外出了议事厅后，前者赶紧去了兵器库，脱下戎
装，只穿一件浅灰色薄布袍，戴上一顶乌纱帽。然后，他到门房
与姚员外会合。姚员外提议先到他自己家中去一下，因为他也想
在赴宴前换一下衣服。两人坐着姚员外很舒服的轿子去了姚宅，
那是位于黜陟使府西边光孝寺附近的一座大宅子。

　　坐在姚员外宽敞的客厅里，乔泰疑惑地打量着厅里那些俗不
可耐的豪华陈设。靠墙的桌子上放着一些闪闪发光的银制花瓶，
瓶里插满了蜡制的假花，墙上装点着吹捧姚员外的书法条幅。为
他上茶的丫鬟衣着素朴，但从那浓妆艳抹以及那种不加掩饰的打
量他的眼神中可以想见，她原先是个舞女。

　　姚员外很快就出来了。此时的姚员外已换上一件蓝色薄袍，

喜滋滋地歪戴着他的黑色弁帽。"我们走吧！"他轻快地说，"您知道，我今晚相当忙，吃过晚饭我还有急事。好在这些大食人的宴会结束得早。"

"在那儿我们能吃到什么呢？"轿子沿街行进时，乔泰问道。

"菜肴很简单，可很有特色，相当诱人。不用说，自然比不上我们大唐的菜肴。你吃过我们广州的炖章鱼吗？鳗鱼呢？"

姚员外开始详细地描述这些菜肴，说得乔泰直流口水。然后他又滔滔不绝地谈论本地的酒类。乔泰觉得，虽说生活阔绰的姚员外是个相当庸俗的暴发户，可同时他也是个讨人喜欢的家伙。

当两人在一座朴素的刷了白灰的门房前下轿时，乔泰大叫道：

"我今天午饭吃得早，你说的东西又让我嘴馋！告诉你，我现在可以吞下整只烤猪！"

"嘘！"姚员外急忙警告说，"别提猪！穆斯林连碰都不能碰，他们认为猪肉不干净。他们也不许喝酒，但他们有另一种饮料，味道相当好。"他一边说，一边敲起饰有鱼纹的门。

一个驼背的、戴条纹头巾的大食老人开了门，领他们穿过一个小院子来到一座长方形的花园，花园里种着的低矮花丛呈现出一种奇特的图案。一名又高又瘦的男子上前来迎接他们，他的包头巾和飘动的长袍在月光下显得更白。乔泰认出，他就是在码头责骂大食水手的那个人。

"祝你平安，曼苏尔！"姚员外快活地大声说道，"我擅作主张带来了一位朋友，是从京城来的乔都尉。"

这个大食人用他那炯炯有神的大眼睛注视着乔泰。在深棕色皮肤的衬托下，他的眼白更加醒目。他缓慢地用地道的汉语响亮地说：

"祝所有虔诚的信徒平安！"

乔泰想，如果这种问候限于穆斯林之间，那就不包括姚员外和他自己，因而这问候相当无礼。然而，当他想清这一点时，大食人和姚开泰已经俯下身子，开始热烈地讨论起花卉种植了。

"高贵的曼苏尔非常爱花，就和我一样，"姚员外直起身来解释道，"这些芬芳的花卉都是他大老远从自己的国家带过来的。"

乔泰早已闻到花园里飘浮着的阵阵幽香。不过，那无礼的问候和他那辘辘的饥肠，已让他没什么心思去赏花了。他郁闷地打量着后面的矮房子，看到清真寺的宣礼塔在月色中显出轮廓。他断定，曼苏尔的房子离他住的客栈不会太远。

最后，曼苏尔领着两位客人来到花园后面通风良好的大房子前——房子正面是一排奇特的尖形高拱门。一走进去，乔泰沮丧地发现，里面根本没有家具，更别说饭桌了。地上铺着厚厚的蓝色绒毛地毯，角落里放着几个鼓囊囊的丝绸枕头，天花板上悬下一盏有八根灯芯的铜油灯。后面整堵墙上挂着一种他从未见过的帘子，帘子用铜环安在靠近天花板的横柱上，而不是像通常那样穿在竹竿上。

曼苏尔和姚开泰盘腿在地板上坐了下来，乔泰犹豫了一下，也学着他们的样子坐下来。曼苏尔显然注意到了他烦恼的神情，便谨慎地对他说：

"我相信，这位尊贵的客人不反对坐在地上吧？"

"作为武将，"乔泰粗声说道，"我已经习惯因陋就简了。"

"我认为我们的生活方式挺舒服的。"主人冷冷地说。

乔泰打心眼里不喜欢这个人，但也不得不承认，他的外表让人印象深刻。他五官端正，轮廓分明，鹰钩鼻，长长的八字胡末梢以一种异国样式向上翘起。他的肩膀绷得很紧，结实的肌肉在白色薄袍下缓缓起伏，很明显，他是个有非凡忍耐力的人。

为打破难堪的沉默，乔泰指着墙顶的一条精巧图案问道：

"那些花形符号是什么意思？"

"是阿拉伯文字，"姚员外急忙解释说，"是神圣的经文。"

"你们的文字有多少个？"乔泰问曼苏尔。

"二十八个。"他简短地答道。

"二十八个？"乔泰惊诧地大声说道，"老天！就这些？你要知道，我们有两万多个呢！"

曼苏尔撇了撇嘴，轻蔑地一笑。他转过身去，拍了拍手。

"他们到底如何用仅有的二十八个字来表达想法呢？"乔泰悄悄地问姚员外。

"他们没那么多想法要表达！"姚员外微笑着轻声说道，"食物上来了！"

一名大食青年端进来一只硕大的铜制雕花圆托盘，托盘上放着几只炸鸡、一把大壶和三只彩色珐琅杯。那青年往杯子里倒了一种无色的液体，然后退了出去。曼苏尔举起杯，庄重地说：

"欢迎来我家做客！"

乔泰喝了一口，觉得这种带洋茴香味道的饮料相当可口，而且炸鸡闻起来味道也不错，可他不知该怎么吃，因为他没见到筷子。喝过几巡之后，曼苏尔和姚员外用手撕开一只鸡，乔泰只得学他们的样子把鸡撕开，咬了一口鸡腿后，发觉味道好极了。吃完鸡后，又上来一只堆着藏红色米饭的浅盘。米饭是和羊肉片、葡萄干、杏仁一起用油炒的，乔泰也很喜欢，并且他也学另外两位那样，用手把饭捏成团来吃。在仆人端过的盆里洗完手后，他将身子往后靠在枕头上，满意地咧嘴笑道：

"味道实在很好！我们再来一杯！"大家喝干后，他对曼苏尔说，"你知道吗，我们是邻居！我住在五仙客栈。敢问你，你们所有的同胞都住在这个特定的聚居区吗？"

"大多数是的。我们喜欢住在我们的寺院附近，我们的祷文就在塔顶上宣读。每当我们有船只进入港湾，大家就在那儿点起一支火炬并为其平安靠岸而祈祷。"他长饮一口饮料，接着说道，"大约五十年前，我们教祖的一位亲戚——安拉保佑他！——来到这广州城，死在东北门外他的住所里。许多虔诚的信徒就在那块圣地定居下来，以便照顾他的坟墓。而且，我们的水手按规定都住在离市舶司不远的六个大馆舍内。"

"我在这儿碰见过一位中国船主，"乔泰接着说，"他会说你们的话。是位姓倪的老兄。"

曼苏尔机警地看了他一眼，用平静的语气说道：

"倪船主的父亲是汉人，但他母亲是波斯人。波斯人不顶用。四十年前，我们伟大的哈里发率领勇士们在奈赫温之战中把他们打得落花流水。"

姚员外提议再喝一巡，然后问道：

"哈里发领地的西边真的住着白皮肤、蓝眼睛、黄头发的人吗？"

"不可能真有那样的人！"乔泰不以为然地说，"那一定是妖魔鬼怪！"

"确实有，"曼苏尔严肃地说道，"他们对打仗也很在行，还能写字，不过方式不对，是从左向右。"

"那就对了！"乔泰满意地说，"他们是鬼！阴间的一切与阳间恰恰相反。"

曼苏尔喝干了杯中的饮料。

"有的还长着红头发。"他说道。

乔泰用锐利的目光盯了他一眼。这人尽在胡言乱语，定是喝醉了。

"现在来点大食的舞蹈怎么样，呃，曼苏尔？"姚员外咧开大嘴笑着问道。他又问乔泰："见过大食舞女吗，都尉？"

"从没见过！她们跳得和我们的舞女一样好吗？"

曼苏尔坐直了身子。

"安拉在上！"他大声说道，"你的问题表明了你的无知！"他拍拍手，用阿拉伯语大声对仆人吩咐着。

"瞧那帘子！"姚员外兴奋地低声说，"如果我们走运的话，这将是一次真正的、特别的款待。"

帘子打开处，出现一名女子。只见她身材中等偏高，全身赤裸，只有臀部系了一条有黑色流苏的窄带子。带子很低，整个腹部完全暴露在外，清楚得让人发窘，光滑圆润的肚皮映衬着嵌在肚脐眼里那颗闪闪发光的绿宝石。她的腰很细，衬托得乳房更加丰满，两条大腿更粗。她的皮肤是漂亮的金棕色，脸蛋虽然很生动，却并不符合中国美女的标准。涂着黑色眼影的眼睛显得太宽，而猩红的嘴唇又太丰满，闪亮的蓝黑色头发打着一些稀奇古怪的结。这些非汉人的特征令乔泰反感，却又奇怪地让他着迷。她站在那儿，眉毛微扬，正注视着他们几个人。她那双水汪汪的大眼睛让乔泰突然想起多年前他打猎时误杀的一头雌鹿。

她走进屋，脚踝上的金镯子轻微地叮当作响。她丝毫不在乎自己赤着身，在曼苏尔面前用右手轻触胸脯一鞠躬，随后向姚乔二人点点头。她在曼苏尔对面跪下，双膝并拢。当她把纤细的双手交叠在大腿上时，乔泰惊讶地发现，她的手掌和指甲都涂有一种鲜红的颜料。

看到乔泰欣赏的目光，曼苏尔翘起嘴唇莞尔一笑。

"这是朱姆茹德，翡翠舞舞女，"他平静地说道，"她要为大家跳我们国家的一种舞蹈。"

他又拍了一下手，两个穿着宽大长袍的大食人从帘子后面走出来，蹲在远处的角落里，其中一个开始用拇指敲击一只大木鼓，另一个则用长长的藤弓拉弦来给琴调音。

曼苏尔充满激情的大眼睛注视着那个女人。她漫不经心地扫了他一眼，便跪着半转过身子，用傲慢的目光审视着姚员外和乔泰。曼苏尔看她要和姚员外说话，就大声地对乐师发出了指令。

当低沉哀怨的琴声响起时，朱姆茹德双手交叉在脑后，随着缓慢的节奏开始摆动身体。同时，她身子往后仰，越来越低，直到头触碰到地面，靠在她叠放的胳膊上。其乳房朝上竖立，乳头

曼苏尔双手一拍，帘子后出现了一名舞女（高罗佩　绘）

绷得紧紧的，一头卷发散开在匀称的手臂上。她闭上眼睛，两道睫毛在光滑的脸颊上形成流苏般的线条。

此时，琴师拉动琴弦，节奏越来越快，沉闷的鼓声随之也加快了节拍。乔泰以为她会起身跳舞，但她却仍是一动不动的。突然，他惊愕地发现，她腹部正中那颗绿宝石正在缓缓地前后移动。她弓形身躯的其他部位纹丝不动，只有肚子忽上忽下、忽左忽右地以一种奇怪的方式断断续续地动着。随着鼓点，绿宝石开始画圈转动，圈子越画越大。乔泰目不转睛地盯着灯光下那颗耀眼的绿宝石，感到越来越窒息。血液在他体内激涌，汗从他脸上淌下，而他自己却没有察觉。

鼓声突然停止了，他这才从恍惚中清醒过来。琴声以几个刺耳的音符结束，接着便是死一般的寂静，舞女像动物般轻巧自如地恢复到跪着的姿态，用娴熟的动作整理好头发。她的胸部剧烈地起伏着，裸露的身体蒙上了一层细细的汗水。乔泰注意到，她用了很浓的麝香香水。香水味与一种奇怪的、有点刺鼻的体味混杂在一起，尽管他告诉自己这种气味很讨厌，但体内又涌起某种原始冲动，令他想起打猎时某种野兽的气味，以及鏖战中汗马和鲜血的味道。

"太好了！"曼苏尔赞美道。他从腰带中取出一枚外国金币，放在跪着的女子面前。她捡起来，未看一眼就扔给了房间另一边的两名乐师，然后转身用流利的汉语问乔泰：

"这位稀客是从远方来的吧？"

乔泰咽了咽口水，他感到喉部很紧张。他赶紧拿过杯子抿了一口，尽量随便地答道：

"我是从京城来的，我叫乔泰。"

她用水汪汪的大眼睛注视他良久，然后转向他的邻座，无精打采地说：

"你气色不错，姚员外。"

商人咧嘴笑了。他学着大食人的风俗说道：

"我身体很好，托安拉的福！"他盯着她的胸脯，睨视了曼苏尔一眼说，"就像我们大唐的一位诗人所说：玉果催树弯！"

曼苏尔的脸拉了下来。朱姆茹德给姚员外和乔泰的杯中倒饮料时，他严厉地盯着她瞧。当她的身子弯向乔泰时，她那强烈的、野兽般的气味使他胸口一阵紧张。他握紧了拳头，尽力控制自己沸腾的热血。她把头凑近乔泰，微微一笑，露出一口完美的牙齿，然后小声说：

"我住在第四排的第一条船上。"

"到这儿来！"曼苏尔叫道。

当她转向他时，他压低嗓门用阿拉伯语对她说了些什么。

她厌倦地扬起眉毛，接着用汉语傲慢地说：

"我喜欢和谁说话就和谁说话，我的众船之主。"

曼苏尔的脸因愤怒而有些变形。他眼中凶光一闪，吼道：

"为你无礼的话低头道歉！"

她朝他前面的地啐了一口。

曼苏尔骂了一声。他跳起来，一只手抓住她的头发，粗暴地把她拉起来，另一只手则扯下她臀部的流苏带子，并让她转过来面对他的两位客人。他压抑着怒火大声说道：

"好好瞧瞧这婊子的诱人之处！它们是用来卖的。"

她试图挣开身子，但他又猛把她转过来。他强迫她跪下，把她的头按在地上，接着又对两名乐师吼了一句，琴师赶忙起身把藤弓递给曼苏尔。

乔泰把眼光从伏着的女人身上移开，对曼苏尔冷冷地说道：

"最好私下了结你们的争吵，曼苏尔。你让客人们感到难堪。"

曼苏尔愤怒地瞅了乔泰一眼。他张开嘴巴，想说什么然后又忍住了。他紧咬嘴唇，放下举起的藤弓，并放开女人的头发。他重新坐了下来，低声咕哝了些什么。

舞女站起身。她捡起扯断的流苏，然后面向乔泰和姚员外，眼里充满怒火，小声说道：

"记住他的话，谁出价最高我就是谁的！"

她把头往后一仰，走进帘子里去了，两位乐师也慌慌张张地跟在后面走了。

"好泼辣的娘儿们！"姚员外咧嘴笑着对曼苏尔说，"大概很难治吧！"他为曼苏尔的杯中添了些饮料，然后举起自己的杯子说道，"非常感谢你的热情款待！"

曼苏尔默默地点了点头。姚员外站起身，乔泰也跟着站起来。他本来也想说几句感谢的话，但看到曼苏尔眼中燃烧的怒火，便改变了主意。主人领着他们穿过弥漫着香气的花园来到大门口，说了几句听不清的话便与他们道别了。

姚员外的轿夫慌忙站了起来，但乔泰对他们摇摇头。

"我们走走吧，"他对姚员外说，"里面空气很闷，而且那饮料让我头晕。"

"我可是本地的名流呀，"胖商人迟疑地说道，"不该徒步走来走去的。"

"一位羽林军都尉也不该吧？！"乔泰冷冷地说，"这几条街冷冷清清的，不会有人看见我们的。走吧！"

他们朝街角走去，轿夫们隔着一段距离跟在后面。

"饭菜不错，"乔泰嘀咕道，"可那家伙实在不该搞出那样不光彩的场面来。"

"你能指望那些异族怎么样！"姚员外耸耸肩说，"可惜你阻止了他，她这些天都在摆臭架子，痛揍她一顿对她是有好处的。要知道，她并不是纯种的大食人，她母亲是居住在水上的蛋民，这使她加倍的桀骜不驯。不管怎样，他并不敢真的狠狠抽她，那样会出血，并且会留下疤痕。"

他用舌尖舔了一下嘴唇。乔泰厌恶地看了他一眼，改变了原先对他的看法，这家伙性格中有可恶的一面。于是他冷冷地问：

"曼苏尔看来真的要抽她，可为什么不敢给她留下疤痕呢？"

这问题显然让姚开泰发窘。他犹豫了片刻，答道：

"这个嘛……曼苏尔并不拥有她，据我所知，就是这样。我估计，她一定有个势力很大的庇护者。虽说这些家伙并不在意他们的女人在宴会上跳跳舞，挣点零用钱花，但也不愿意看到她们带着皮肉之伤回家。"

"可曼苏尔说她是可以花钱买的！"

"噢，那只是为了侮辱她。你可别想入非非，都尉！不管怎样，我可不会向你推荐那些黑娘们。要知道，她们的行为很粗野，就跟野兽似的。好了，你要是不介意的话，我现在要坐轿子了，我还要赶到我的一个……呃……私宅，有个约会。"

"别耽误了！"乔泰粗声道，"我自己走。"

姚员外睨视了他一下，看出同伴态度的变化。他把胖手放在乔泰的胳膊上，满脸堆笑地讨好说：

"我改天晚上会带你去的，都尉！我雇女人十分谨慎，那儿的设施也……呃……特别好。我定期去那儿，为的是换换口味，你一定能理解！这倒不是因为家里伺候得不好——其实可以说很好。瞧我在妻妾们身上花的钱，也应该很好。我的这个小安乐窝位置很方便，离我的住宅不远，就在光孝寺南面第二条街的街角。我倒愿意现在就带你去，只是我要去见的女人相当害羞，你瞧……这可是很难得的！我们志趣相投，我相信这很管用。不过，如果她看到我和陌生人一道去，她也许会……"

"没错，"乔泰打断他的话，"别让她久等了，她会跑掉的！"他一面继续往前走，一面对自己嘀咕道，"我看，这也是她能做的最明智的事了！"

到了下一条街，他叫了乘轿子，吩咐轿夫抬他去黜陟使府。轿夫们快步赶路，他仰靠在轿中想打个盹；然而，只要他一闭上眼，就能看见大食舞女那婀娜柔美的身段，就会想起那令人陶醉的气味。

七

▼

　　狄公和陶干从一扇小边门出了黜陟使府，在大道上闲逛起来。此时，他们看上去就像两个老学究似的。狄公身着藏青色的布袍，腰间系一条黑色腰带，头戴一顶黑色无檐弁帽。陶干穿了件褪色的褐色长袍，戴着那顶成天不离头的旧天鹅绒帽子。

　　过了都督府衙，他们走进见到的第一家饭馆。狄公选了后面的一张桌子，从那儿他可以清楚地看到每一个顾客。"你点菜！"他对陶干说，"你会说本地话。要一大碗云吞，听说广州城的云吞特别鲜。再加个蟹肉蛋卷，那也是本地的特色菜。"

　　"再来壶本地的酒吧。"陶干提议道。

　　"你过去是很节俭的，"狄公笑着说，"恐怕是乔泰把你带坏了！"

"乔泰和我经常见面，"陶干说道，"自打他的把兄弟马荣天天守着老婆孩子之后。"

"这就是此次没带上马荣的原因。谢天谢地，他终于安定下来了。我不愿意让他卷入冒险行动，免得又把他引回旧路上去！我们三个人一起去寻找刘大人就行了！"

"刘大人有什么特征或习性吗，大人？我们去寺里打听时应该怎么问？"

狄公若有所思地摸摸鬓角。

"噢，他是个英俊的男子，有着官员们的那种自信和镇定。他讲话的腔调也可以提供一点线索，他说话时像个典型的朝臣，带着最新的官腔。哈，这汤闻起来的确很香！"他用筷子从碗里夹起一只云吞，又说，"振作起来，陶干，我们解决过比这更棘手的难题！"

陶干咧嘴一笑，津津有味地吃了起来。吃过简单而实惠的晚饭后，他们又喝了杯浓浓的福建茶便付账离开了。

街上很暗，行人也很少——此时正是吃晚饭的时间。然而，等他们到了西区，便发现人渐渐多了起来。一到通往华塔寺的街衢，他们便看见那里有一大群欢乐的人们，老老少少都穿着最好的衣服，朝着一个方向走去。狄公掐指一算，说道：

"今天是大慈大悲观音菩萨的生日，寺里一定挤满了香客。"

他们一进入寺门，就看见寺庙的院子里真如同夜市一般，通往前殿大理石阶梯的石子路上，立着一排临时灯柱，上面挂着许多吉祥喜气的彩色小油灯。道路两边各有一排摊位，经书、玩具、蜜饯和念珠等等样样都有。卖油饼的小贩在人群中挤来挤去，用刺耳的声音叫卖着。

狄公望着拥挤的人群，气恼地对陶干说："真倒霉！在拥挤的人群里怎能认出人来？那著名的宝塔在哪儿？"

陶干向空中指了指。正殿后面就是九层的华塔，将近有三百尺高，塔尖上的金色圆珠在月光下闪闪发亮。狄公隐约能听见飞檐下悬挂的小银铃发出的叮当声。

"好漂亮的建筑！"狄公满意地评论着。他继续往前走，随意地四下张望，见右面一簇高高的竹子下有一座茶亭。茶亭空着——人们正忙着观景，没人会去悠闲地喝茶。亭前站着两名衣着艳俗的女子，一个老丑妇靠着亭柱，一边剔牙，一边盯着她们。狄公突然停下脚步。

"你往前走，四处看看，"他对陶干说，"我马上就过去。"

狄公走近亭子，看见小个子姑娘年纪虽轻，却没有姿色，而高个子姑娘看上去三十岁左右，脸上一层厚厚的脂粉也无法掩盖卖笑生涯对她的摧残。老丑妇急忙把姑娘们推到一边，讨好地讪笑着用广东话向狄公打招呼。

"我想和你的姑娘们聊聊，"他打断她那难听懂的拉客经，"她们懂不懂北方话？"

"聊聊？废话！你要么干事，要么别来！"老丑妇用蹩脚的北方话厉声说道，"六十个铜子，房间在寺庙后面。"

那年龄大点的姑娘原本无精打采地望着狄公，此时向他招招手，用纯正的北方话急切地说：

"请挑我吧，老爷！"

"你挑那芦柴棒只要三十个铜子，"老丑妇嗤笑道，"干吗不花上六十个铜子买这个小雏儿呢？"

狄公从袖子里拿出一把铜子给了那老妇人。

"我要那个高个子姑娘，"狄公生硬地说，"不过，我要先和她谈谈，我可是很挑剔的。"

"我不懂你的意思。不过你既然花了钱，你想和她干什么就干什么！她花的钱比挣的还多！"

狄公示意那女子跟他进茶亭里去，他们坐在一张小桌子旁。他吩咐那个在一旁冷笑的小伙计上一壶茶、一盘瓜子和蜜饯。

"你这是要干什么呀？"她疑惑地问道。

"我只想说说自己的家乡话，算是换换口味吧。告诉我，你怎么跑到这么远的南方来的？"

"这不是你感兴趣的事。"她闷闷不乐地说。

"让我猜猜看。来，喝杯茶。"

她大口地喝着茶，尝着蜜饯，然后粗声说道：

"我太傻了，又倒霉透顶。十年前，我爱上了一个跑码头的江苏丝绸商，那时他常到我父亲的面摊上吃面条，我就和他私奔了。开头几年还下错，我喜欢四处旅行，而他对我也挺好的。他到广州这儿做生意时，我给他生了个女儿，他很生气——因为不是个男孩，就把孩子给溺死了。后来，他对一个本地姑娘感兴趣了，想甩掉我，但在这儿很难卖掉一个没什么技能的北方女人。大些的花船只雇用广州女人，或者那些能歌善舞的北方人，所以他就把我贱卖给蜑民。"

狄公向茶亭里的烟花女子走去（高罗佩　绘）

"蜑民？他们是些什么人？"狄公好奇地问。

她迅速往嘴里塞进一整块蜜饯，然后咕哝道：

"他们也被称为'水户'。要知道，他们很不一样。广州人讨厌他们，说他们是我们汉人来南方之前、一千多年前就住在这儿的野蛮人的后代。他们必须待在停泊于市舶司附近江面的船上。他们在那里出生、交欢、死亡，不准上岸居住或与汉人通婚。"

狄公点点头。此时他已记起，蜑民是一群被社会抛弃的人，有专门的法律严格限制他们的活动。

"我不得不在他们的一个水上妓院干活，"她接着说，此刻她已完全放松下来了，"那些杂种说着一种怪异的话，就跟猴子一样叽里咕噜的。你真该去听听！他们的女人成天靠各种脏药和毒药混日子。那些人把他们对汉人的仇恨都发泄到我身上，让我吃残羹剩饭，除了一块遮羞布之外，什么衣服都没有。大部分嫖客都是外国的水手，因为没有哪个中国妓院会接待他们。所以，你可以想象我在那儿过的是什么日子！"她抽抽鼻子，又吃了一块蜜饯。

"蜑民害怕自己的女人，因为她们半数都是巫婆；但他们对待我就像是对待最下等的奴隶一样。在他们纵酒狂欢的宴会上，我被迫一丝不挂地为他们跳下流的舞蹈，一跳就是一两个时辰。只要我想歇一歇，他们就用船桨打我的屁股，而他们的女人总是叫着侮辱我，说中国女子都是荡妇。她们最喜欢吹嘘的是，八十年前，某位大唐名人秘密地娶了一个蜑民女子，他们的儿子成了一个有名的勇士，他称皇帝为'叔叔'。这岂不是怪事？唉，后来我又被卖给城里的妓院，这对我来说是个解脱。这个妓院虽然并不高级，可至少是汉人开的！这就是最近五年我干活的地方。可我要对你说，我没什么可抱怨的！我有过三年快活的日子，那是许多女人都不敢说有的！”

狄公觉得已取得了她的信任，可以开始原本想谈的话题了。

“听着，”他说道，“我碰到了件难事。我原定几天前到此地会一个北方的朋友，可我在江上耽搁了，今天下午才到达此地。我不知道他住在哪儿，但肯定在附近；因为是他提议在这个寺庙里见面的。如果他没离开广州城，肯定就在这一带。既然你的营生要求你对走过的男人特别留意，你也许见过他。他是个高个子的英俊后生，三十岁左右，样子有点高傲，留着短须，下巴和两腮都没有胡子。”

“你刚好迟了一天！”她说，“你得知道，他昨晚来过这儿，大概就是现在这时候。他在附近溜达，好像是在找什么人。”

“你同他说话了吗？”

“那还用问！我一直在留心北方人。而且就跟你说的一样，他很英俊。但我得说，他穿得很破旧，可我不在乎这个。我走到他面前，如果他要我，半价我都愿意。可我运气没那么好，他径直向寺庙走去，连看都不看我一眼。傲慢的杂种！你不一样，你真好！我知道……”

“你今天又见过他吗？”狄公打断道。

“没有，所以我告诉你太晚了。我说，你现在还买着我呢！我们去我屋子好吗？如果你喜欢的话，我可以给你跳蜑民舞。”

"那就不用了。不管怎样，我还是想到寺里看看我的朋友。告诉我你的姓名和住处，我以后会去找你的。这算是我预付的酬金。"

她高兴地笑了，说出她住的街道名称。狄公找小伙计借了支毛笔把她的住处写在一张纸片上，付完账，便走出了茶亭。

当他正要登上大理石台阶时，陶干走下来迎接他。

"我四处看了看，大人，"他沮丧地说，"可没看到像你描述的刘大人模样的人。"

"他昨晚到过这里，"狄公告诉他，"显然，他化了装，正如探子看到他和苏主事时那样。我们一道进去看看吧！"他的目光落到台阶边上停着的大轿子上，轿边蹲着六个身着整齐制服的轿夫。他问道："有什么大人物到寺里来了吗？"

"是梁福，大人。一个和尚告诉我，他定期到这儿同方丈下棋。我在走廊上碰到梁员外，本想躲过去的，但那家伙眼尖，立刻认出我来，还问我要不要他帮什么忙。我对他说，我只是来看看。"

"明白了。我说，我们必须加倍小心，陶干。刘大人显然也在这里秘密调查，因此我们千万不能过于公开地打听，否则会暴露他的身份。"狄公告诉他妓女所说的话，"我们就四处转转，设法自己找到他。"

然而，他们很快发现，他们的任务比原先想象的困难得多。寺庙的院子内有许多独立的建筑和附属的小庙，彼此之间由网一般的狭窄过道和走廊相连；到处都是大大小小的和尚，其中还混杂着从乡下来的信徒——那些乡下人常目瞪口呆地盯着巨大的镀金佛像和墙上华丽的壁画。他们俩没看到有像刘大人的。

在正殿观赏过比真人还大的观音塑像之后，他们便到院子后面的建筑里去查找。最后，他们来到一座大殿，那儿正在举行一场超度亡灵的佛事。香坛前面堆放着祭品，六个和尚正坐在蒲团上念经，门口跪着一小群衣着整洁的男男女女，显然是死者的家属。他们身后站着一位老和尚，他正厌烦地看着这一切。

狄公决定还是要打听一下刘大人。他们已查遍了所有的地方，只有被封得严严实实的宝塔没去。宝塔被封是因为之前曾有人从塔顶跳下来自杀。他走到老和尚面前，向他描述了刘大人的模样。

"不，贫僧没见过他，施主。贫僧几乎可以肯定，今晚没有那模样的人来过寺庙。在这个仪式开始之前，贫僧一直都在门房里，我不会看不到这样出众的人的。哦，抱歉，恕我失陪了，贫僧必须监督这场超度亡灵的佛事。施主想必知道，这种佛事会带来很高的收入。"然后，他急急地接着说，"大部分的佛事收入都用于支付火化死去的乞丐和流浪汉，他们没有亲人，也不属于哪一个行会。这只是寺庙许多慈善事项中的一项。嗨，这倒提醒了我！昨晚他们送来过一个流浪汉，看起来挺像你的朋友！自然不会是他，因为他穿得很破烂！"

狄公惊愕地看了陶干一眼。他对和尚简短地说道：

"我是官府的官员。我要见的人是一名探子，他有可能化装成乞丐。我想去看看尸体，立刻就去。"

和尚面带惧色，结结巴巴地说：

"在西院停尸房，大人……因为要午夜以后才火化……当然不能在今天这个吉日火化。"他招呼一个小沙弥过来，说道，"带这两位老爷去停尸房。"

小沙弥带他们进入一个废弃的小院。院门正对面有一间低矮、黑暗的屋子，紧挨着寺院的外墙。

小沙弥推开厚重的大门，点燃窗台上的蜡烛。一张木制长台上放着两具尸体，从头到脚用劣质土布盖着。

小沙弥苦着脸，抽抽鼻子。

"好在今晚就要烧掉！"他嘀咕道，"在这大热天……"

狄公没听清他说什么。他揭开最近的那具尸体上的土布，看到一个留着胡子的男人的肿胀的脸。他赶紧又把它盖上，再揭开另一具尸体头上的土布。突然，狄公惊得呆住了。陶干从窗台上拿过蜡烛，走到台子前面，让烛光照亮那张光滑苍白的面孔——头顶的发髻已经松了，绺绺湿发紧贴着高高的额头，但即便是死了，那脸上仍保持着一种镇定与高傲的神情。狄公猛地转过身来，对小沙弥大声喊道：

"把方丈和寺监叫来，马上去！喏，把这个给他们！"

他在袖子里摸索着，拿出一张印着他全名和官衔的大红名刺，递给惊恐万分的小沙弥。小沙弥急忙跑开了。狄公弯下腰，仔细察看死者的头颅。他直起身子，对陶干说："我找不到任何伤口，连一块瘀痕都找不到。我来拿蜡烛，你瞧瞧尸体。"

陶干掀开土布，脱下死者的破上衣和胡乱打着补丁的裤子——除此之外，他什么也没穿。陶干仔细地检查着，尸体皮肤光滑，身材很好。狄公高高地举着蜡烛，默默地在旁边看着。陶干把尸首翻过来检查背部，随后摇摇头。

"没有，"他说，"没有暴力的痕迹，没有瘀痕，没有擦伤。我来搜一下衣服。"

陶干盖好尸体后，仔细检查了一下破上衣的袖子。"瞧我们找到了什么？"他叫道，随后从袖子里拿出一个约一寸见方的银丝小笼子，笼子一边已被压扁，小门松松地挂着。

"那是刘大人装蟋蟀的笼子，"狄公嗓音嘶哑地说，"没别的东西了吗？"

陶干又看了看。"什么也没有！"他咕哝道。

外面传来说话声，一个和尚推开了门，恭敬地引进身材魁梧、仪表堂堂的方丈。方丈身穿黄色僧袍，肩披紫色袈裟。他向狄公深施一礼，烛光把他剃得很干净的圆脑袋照得锃亮。寺监在方丈的身边跪下来。

狄公看见门口有一群和尚朝里面窥视，就冲着方丈厉声道：

"我不是说过只要你和寺监吗？把其他人都轰走！"

惊恐的方丈张开嘴巴，却只是吐出一些不连贯的话语，还是寺监转过身去，大声喝令众人散开。

"关上门！"狄公命令道。他对方丈说："镇静点，长老！"他指着尸体问道，"这个人是怎么死的？"

方丈镇静下来，用颤抖的声音回答说：

"我们……我们根本不知道他的死因，大人！这些穷人死后被带到这里来，我们慈悲为怀，免费将他们火化……"

"你应该懂得朝廷律法的，"狄公打断他的话，"没查验死亡证明并送交衙门审核，是不允许你们火化尸体的，不管免费不免费。"

"可这就是衙门送来的尸体呀，大人！"寺监哀声道，"两名衙役昨晚用担架抬来的。他们说，这是个身份不明的流浪汉。我亲自签收的！"

"那就是另外一码子事了。"狄公简短地说，"你们二人现在可以走了。待在你们的屋子里，今夜迟些时候我也许会再找你们问话。"

众人离开后，狄公对陶干说道：

"我必须知道衙役是在哪儿发现的他，又是如何发现他的。我还想看看仵作的报告。真奇怪，那两名衙役竟会把银笼子留在他的袖子里，这可是个值钱的古董。立即去衙门，陶干，查问一下都督、仵作以及发现尸体的人。让他们把尸体送到黜陟使府去，就说死者是从京里来的密探，是我派来的。我在这儿再四处瞧瞧，待会就回黜陟使府。"

八
▼

　　乔泰的轿子到达黜陟使府边门时，离子时只差半个时辰了。他之前吩咐轿夫绕道行走，是希望夜里的空气能使他头脑清醒一些，但这希望却落空了。

　　走进大厅，他看见狄公独自坐在大书案边，双手托着下巴，正在细看展于面前的《广州城详图》。乔泰问安之后，狄公用疲惫的声音说道：

　　"坐下吧！我们已经找到了刘大人。他被人谋杀了。"

　　他向乔泰复述了陶干与盲女的谈话，以及"金铃"这一线索如何让他们在寺里发现了刘大人的尸体。他打断了乔泰急切的问话，接着说道：

　　"尸体送到这儿来之后，我让黜陟使的医生做了一次彻底的尸检。他发现，刘大人是被一种医书上没提到过的慢性毒药给毒死的，知道这种毒药配方的只有居住在船上的蜑民。如果下毒的剂量大，受害者就会立即死亡；而小剂量则会引起全身倦怠，但数十天后也必死无疑。这种毒只有看喉部才能检查出来。黜陟使的医生要不是最近处理了蜑民内部的一桩案子，他也是看不出下毒的，死者会被认定是心疾猝发。"

"难怪衙门的仵作没发现这个！"乔泰评论道。

"仵作根本没见过这具尸体，"狄公疲惫地说，"陶干半个时辰前和都督一道回来后，他们俩一同查问了衙门里的人，但没人知道昨晚送流浪汉尸首到寺里的这件事。"

"这么说，送尸体的那两名衙役也是假冒的！"乔泰叫道。

"是的。我当即让人把寺监叫来，可他也讲不清那两个自称衙役的家伙到底长什么样儿。他们只是普通人，穿戴的又是标准的官差服。一切看起来都很妥当，我们不能怪寺监没有看清楚。"他叹了口气，接着说，"刘大人被谋杀的当晚有人在庙里看见过他，再加上蟋蟀这一线索，表明作案现场就在附近。衙役的差服定是事先准备好的，可见这是早有预谋的。刘大人的尸体上没有任何暴力的痕迹，脸部又很平静，由此可见，他定是被某个或某些他很熟悉的人诱入圈套的。这些都是我们要搞清楚的事。"

"那盲女一定知道更多的事，大人。你说她告诉陶干，她在抓到蟋蟀之前在墙边蹲了很久，那么她一定听见了什么。盲人的听觉是很灵敏的。"

"我还有一些问题要问那女子。"狄公严肃地说道，"我仔细看了看停尸房旁边的墙，那墙最近才重整过，砖头之间严丝合缝。不错，我当然要见见那女子！我已派陶干到她家把她找来，他们随时都可能回来，他去了有些时间了。我说，你在大食人那里吃的饭可好？"

"饭菜不错，大人。可我得说，我不喜欢曼苏尔那家伙，他傲慢得像凶神一般，对我们也不太友善。等喝得恰到好处的时候，我按你的吩咐向他询问了关于此地大食人的情况。"他站起身，弯腰看着桌上的地图，用食指指着说，"这儿是清真寺，曼苏尔和大多数穆斯林就住在附近。我住的客栈离这儿不远。东北城门外有一个小一些的聚居地，靠近他们一位圣人的坟墓。所有这些大食人在此定居已有一段时间了。那些大食水手暂居在江岸的旅店内，等待季风的到来。"

乔泰回到座位上，狄公烦恼地说道：

"我一点也不喜欢这样！如此我等如何监管这帮番邦！我要和黜陟使谈谈此事。所有这些大食人、波斯人以及其他什么人都要放在一个居民区里，用一堵高墙围起来，只留一个门，在日出与日落之间开放。我们可以指派一个大食人当管事，负责向我们报告里面所发生的一切。这样，我们就可以管住他们，同时他们也可以遵循自己的风俗而不致骚扰大唐百姓。"

大厅另一端的门开了，陶干走了进来。他在桌前的另一把椅子上坐下。狄公快速扫了一眼，见他满脸忧虑，遂问道：

"你没带那盲女来吗？"

"鬼知道那儿发生了什么事，大人！"陶干大声说道，他擦着冒汗的前额又说，"她不见了！所有的蟋蟀也都不见了！"

"喝杯茶，陶干，"狄公平静地说，"说说经过。最初你是怎么碰到她的？"

陶干把乔泰倒给他的茶一饮而尽，回答说：

"我看到两个无赖在一条没人的街道上凌辱她，大人。就在市场附近。我赶跑了那两个家伙后，发现她是个瞎子，就把她送回家。她独自住在市场另一端，与人合租在一座房子里。我在她房间里喝了杯茶，她告诉我她是如何逮到'金铃'的。我适才回到那儿时，原本挂在竹竿上的十几只装蟋蟀的小笼子都不见了，那几个装着斗架蟋蟀的罐子以及她的茶篮也不见了。我到用以隔开房间的帘子后面看了看，只见一张空床，铺盖也不见了！"他喝了口茶，接着说，"我问了和她住在同一层楼的小贩。小贩说他在楼梯口上见过她一两回，但从来没和她说过话。随后，我去了市场，让管事的给我看了登记册，上面列出有几个摊位是租给卖蟋蟀的人的，可是没有蓝丽的名字。他告诉我，有些临时的小摊位可以不交租金。我就去与一个常在此地卖蟋蟀的人搭话。他说他听说过卖蟋蟀的盲女，但从没碰到过她。就这些！"

"这不过又是个骗局！"乔泰咕哝道，"那婊子耍了你，陶兄！"

"胡说八道！"陶干生气地说，"那次非礼绝不可能是为我而设的。即使有人跟踪我，他又怎么知道我会走那条巷子呢？我只是随意溜达，有可能转另外十几个弯呢！"

"我想，"狄公说，"你送那女子回家时被人看见了。你们俩在一起一定非常惹人注目。"

"对呀，是那么回事！"陶干叫道，"我们说话时，我听到楼梯嘎吱嘎吱响！一定有人偷听了我们的谈话。当听到她说在哪儿逮到'金铃'时，他们就决定劫持她！"

"倘若她不是自愿消失的话，那才如此，"狄公冷静地说道，"因为我根本不相信她说的关于那蟋蟀的鬼话。她肯定是在刘大人被杀时捡到的。另一方面，她给了你一个去寺庙的线索，这可能表明她属于反对谋杀刘大人的那批人，就像勒死了欲杀乔泰者的那个人一样。总之，我们的处境险恶！显然，有人清楚我们正在干什么，而我们却丝毫不知道他们是什么人，他们想干什么！"他气愤地扯了一下胡子，语气缓和地继续道，"那个在寺庙见过刘大人的妓女告诉我，蛋民的船就停泊在市舶司附近，这意味着他们离归德门内的穆斯林居民区不远。因此，刘大人可能并非是由于大食的事务常到那儿去的，倒有可能是因为水上妓院中的事。再说，那两个自称衙役的人是汉人。所以，在这个问题上，我们不能光盯着大食人。"

"可是，苏主事是被一个大食恶棍杀的，大人。"乔泰说。

"我听说，蛋民妓女的主顾多为大食人，"狄公说道，"故而，那恶棍很可能是被一家蛋民妓院雇用的。我倒想了解更多有关这些化外之民的情况。"

"在曼苏尔的晚宴上，一位有蛋民血统的大食舞女表演了舞蹈，"乔泰急切地说，"她好像住在一条花船上。我明天可以去造访她，让她告诉我一些关于那些水户的情况。"

狄公用锐利的目光看了他一眼。

"去吧，"他平静地说，"造访这位舞女看来会比你原定与船主的谈话更有收获。"

“我最好也去见见倪船主，大人——就是说，如果您上午没什么事需要我效劳的话。在我印象中，曼苏尔似乎颇怨恨倪船主，那就去听听倪船主是怎么说曼苏尔的！”

“好吧，等你造访这两个人后向我回报。陶干，你吃过早饭就到这儿来，我们必须一道起草一份关于刘大人被害的案呈交给政事堂，再派特别驿使把它送往长安。政事堂必须尽快知道刘大人的死讯。我将建议他们先保密一两天，以免影响朝廷里微妙的权力格局，也可以给我一点时间查出这可恶的谋杀案的背景。”

“黜陟使对他辖区内发生的这第二桩命案怎么看，大人？”陶干问道。

“这我不知道，”狄公微笑着回答说，“我对他的医生说，这名死者是我的下属，说他跟一个蜑民女人有了麻烦。我命人立即将尸体装入棺材，打算尽快同苏主事的尸体一道送往京城。明天见到黜陟使时，我会把同样的话对他再讲一遍。对了，我们要小心那个医生，他是个反应很快的家伙！你知道，他说刘大人看起来挺面熟的。幸好他只见过刘大人一面，就是刘大人一个半月前第一次来广州那会儿。当时刘大人穿的是一身官服。等我们写完给政事堂的呈文后，陶干，我们一道去造访梁员外。他既然定期去那该死的寺庙找方丈下棋，我们就不妨从他那儿了解些有关那个大寺庙的情况。我还想问问梁员外，大食人在这儿捣乱的可能性有多大。虽然他们在这广州城里只是一小撮，不过，乔泰刚刚在地图上指给我看他们控制的地区——显然是能够轻易地制造一次混乱。这本身倒无甚关碍，但危险的是，它可能会被用来掩盖邪恶的事件。我们能信任熟知大食事务的姚开泰吗？”

乔泰皱皱眉头，缓缓地答道：

"姚开泰开朗的样子并不完全是他真实的表现，大人。他不是什么好人。至于参与谋杀或权术阴谋……不会，我认为他不是那块料。"

"我明白了。那么，还有那个谜一般的盲女，一定要尽快打听到她的行踪，而且不能让本地衙门听到风声。明天早晨，陶干，你来这儿的路上去衙门一趟。你给衙役的班头一锭银子，私下请他手下的人帮忙找她。对他说，她是你一个行为不端的侄女，有事让他直接通知你，那样就不会危及她的安全了。"他站起身，理好袍子，又说道，"好了，我们今晚得好好睡一觉！我劝你们俩把门锁好再闩上。事实证明，你们俩都被人监视了。哦，对了，陶干，你与那衙役班头谈完话后，去拜访一下都督，把这张纸片交给他，这是我记下的在寺庙与我谈话的那位妓女的姓名和住处。你请都督把她和老鸨叫来，将她赎出，让最近北上的兵船送她回故乡。再叫都督给她半锭金子，这样她回到村里时就可以为自己找个丈夫。所有的费用全记在我私人的账上。这可怜的人儿给我提供了很有价值的情报，应该得到奖励。好好歇息吧，明天见！"

九
▼

　　第二天早晨天还没亮，乔泰就醒了。就着客栈提供的唯一一支蜡烛的亮光，他快速地洗了把脸，然后穿好衣服。他正要套上甲衣时，犹豫了一下，遂把那沉重的甲衣扔到椅子上，而套上了一件铁甲背心。"这是防止背部突然疼痛的良药！"他咕哝着，一面又在背心外穿上褐色袍子。他在腰间系上黑色长腰带，戴上纱帽后，便下楼去，吩咐打着哈欠的客栈掌柜说，如果有轿子来接他，告诉轿夫等他回来，然后就出去了。

　　他在昏暗的街上买了四个热乎乎的油饼，那是刚从小贩起劲扇着的手提炉子里拿出来的。他一边满意地大嚼油饼，一边朝归德门走去。到了码头，便看到黎明的曙光映红了停泊在江边的船只桅杆。曼苏尔的船已经开走了。

一群菜贩子从他面前鱼贯而过，每人都用扁担挑着两只装满包心菜的筐子。乔泰与落在最后的那个贩子搭上了话。经过一番夹杂着手势的讨价还价后，乔泰用七十个铜子连扁担带菜一起买了下来。那贩子哼着广州小曲小跑着离开了，心里直高兴，因为他向北方佬要了个高价，又省得自己跑那么远去船上做买卖。

乔泰挑起担子，踏上停在码头边的第一条船的船尾，从那儿他上了下一条，再上了第三条。他必须小心翼翼地迈步，因为薄雾让连接船只的窄木跳板变得相当湿滑；而且显然，船民们也认为跳板这儿是个洗鱼的好地方。乔泰小声地骂着，因为船上的邋遢娘们都往浑浊的江水里倒尿桶，臭气熏天的。不时有厨师招呼他，但他并不搭理，只想先找到那舞女，然后再仔细看看这些水户。一想到朱姆茹德，他嗓子眼就有种怪怪的紧张感。

天气仍然相当凉爽，担子也不算太重，但因为不习惯这种挑担方式，乔泰很快就大汗淋漓了。他在一艘小船的船首停了下来，四下张望。现在已经看不见城墙了，因为他的四周皆是林立的桅杆，上面挂着渔网和洗过的衣服。船上那些走来走去的男女看上去就像别的人种。男人们腿短，但胳膊长，而且肌肉发达，走起路来很快，像是在大步慢跑。他们长有黝黑的脸，高高的颧骨，鼻子扁平，两个大鼻孔张着。那些年轻妇女虽不细巧，却相当漂亮，脸圆圆的，眼睛又大又灵活。她们蹲在跳板上，一面用重重的圆木棒槌捶洗着衣服，一面用一种他从未听过的鸟语叽叽喳喳地聊着。

尽管那些男女都好似刻意不去注意乔泰，但乔泰仍有一种被人窥视的不适感。"一定是极少有汉人到这儿来！"他嘀咕道，

"那些丑陋的矮子，我一转身就盯着我瞧！"当他终于看到眼前的水面时，便高兴了起来——一座竹桥通往一长排首尾相接的华丽的中国式帆船。那些帆船第一排挨着第二排，然后是第三排，彼此间用带扶手的宽大跳板连着。第四排在最后面，几乎已停泊在珠江的水中央。乔泰跨上最近的那艘帆船的船尾，看到了珠江宽阔的江面——他能辨认出停靠在对岸的那些船的桅杆。他数了数，发现自己在第四排的第三条船上。前面的那艘船大得像战船一般，高高的桅杆用丝绸小旗装饰着，船舱檐上悬挂着彩色小油灯组成的灯环，正随着早晨的微风前后摇摆。他顺着夹在中间的那条船的舷板走过去，一边登上前面的船，一边小心地保持着担筐的平衡。

三个睡眼惺忪的伙计在舱门口闲聊着。他和他们擦肩而过，进入前面黑暗的过道，而他们随意瞥了他一眼后又接着聊天。过道边是一列寒酸的小门，空气中弥漫着令人作呕的劣质炸油的气味。看看四下无人，他赶快放下篮子，走上后甲板。一个相貌平平、只穿了条脏裙子的姑娘正盘腿坐在板凳上剪脚趾甲。她漠然地瞥了他一眼，连裙子都懒得拉下来。周围这一切看来很是枯燥无味，但乔泰到达船身中部时，情绪却好了起来。在另一边擦洗得很干净的甲板旁，他看到一个涂着朱红色油漆的门，一个穿着昂贵锦缎袍服的肥胖男子正站在栏杆边大声地漱口，有个身穿皱巴巴白袍的年轻女子绷着脸为他端着茶碗。突然，那男子一阵恶心，呕吐了起来，一部分吐到了栏杆上，一部分吐到了女子的衣服上。

"高兴点，美人儿！"乔泰走过去时对她说道，"想想你昨晚酒账上所得到的提成吧！"

他没有理会她怒冲冲的反驳，便溜了进去。飞檐上悬着的白色绸灯笼朦胧地照着过道，乔泰仔细地看着刻在朱漆门上的名字："春梦""柳枝""玉花"……都是些妓女的名字，但没有一个会是"朱姆茹德"这名字的汉译文。过道尽头的最后一个门上没刻名字，但却华丽地装饰着一些精致的花鸟图案。他试了试门把，发现门没锁，便赶紧推开门走了进去。

昏暗中，他看见这房间比一般的船舱要大得多，而且陈设豪华，闷热的空气里飘着浓浓的麝香气味。

"既然已经来了，干吗不走近些呢？"是那舞女的声音。

此刻，他的眼睛已经适应了里面的光线。他看出房间后面有个高高的床架，红色的床帘半开着，朱姆茹德就在那儿，一丝不挂地斜靠在缎子枕头上。她没化妆，唯一的首饰是一条用金丝穿的蓝色珠子项链。

乔泰走到她面前，被她惊人的美丽弄得不知所措。最后，他冒出一句：

"那绿宝石呢？"

"我只是跳舞时才戴，你这傻瓜！我才洗过澡，你最好也去洗一下，全身都是汗。去那边蓝色帘子后面洗！"

他小心地走过摆在厚绒毛地毯上的桌椅。蓝色帘子后面是个小而雅的浴室，用漆得很漂亮的细纹木装饰着。他赶紧脱光身子，蹲在装着热水的浴盆边用小木桶冲洗。在用袍子的衬里擦干身子时，他发现梳妆台上有个装着甘草条的盒子，便拿了一支，把一端嚼成需要的形状，用它仔细地刷了牙。然后，他把袍子和背心挂在竹衣架上，又回到房间里。他只穿着肥大的裤子，光着他那健壮的、有疤的上身。他拉过一把椅子坐到床架边，粗声说道：

"你瞧，我应约来了。"

"你当然赶紧过来了！"她冷冷地说，"总之，你倒是聪明地选了个大清早，因为只有这个时间我才能接待客人。"

"为什么？"

"因为我不是普通的妓女，我的朋友。不管曼苏尔那个鼠辈怎么骂我，我可不是卖的，因为我有一位永久的庇护者，一位贵人。你应该从这一切看得出来。"她用浑圆的胳膊做了个大幅度的动作来指示周围的一切，然后加了句，"他对情敌可不是那么友善的。"

"我是为公事而来的，"乔泰生硬地说道，"谁说我是个情敌？"

"我说的。"她把手放到脑后，展开身子，打了个哈欠，然后用那双大眼睛快速地扫了他一眼，生气地说，"你还在等什么？难道你也是那种讨厌的男人，总要先翻翻日历，看日子和时辰吉不吉利呀？"

他站起来，把她柔软的身子紧紧搂在怀里。在他漫长而多样的性爱生活中，他经历过许多；但现在，他第一次体验到一种不同的、极致的爱。朱姆茹德满足了他内心深处那种难以名状的需求，激起了某种他一直不曾发现的、而今突然意识到是他生命之源的东西。他知道，没有这个女人他就没法活下去了，他甚至对这一发现并不惊讶。

朱姆茹德一丝不挂地斜靠在床上（高罗佩　绘）

事后，两人快速地洗了个澡。她披上一件蓝色薄纱长袍，然后来帮乔泰穿衣服。当她看到那件铁甲背心时，歪着头想说什么，却又把话咽了回去。回到船舱，她示意他坐在一张雕花红木小茶几旁，然后随口说道：

"现在事干完了，你最好再说点你自己的事吧。时间不多了，因为我的丫鬟随时都可能进来，她是我那位贵人花钱雇的探子之一。"

"我倒宁可多听听你的事！我几乎一点都不了解你们大食人。你是……"

"我可不是大食人，"她不客气地打断道，"我爹是个大食人，但我娘是个低贱的蜑民妓女。这让你吃惊了？"

"才不会呢！在妓院做事不过是另一种营生罢了。管他是什么人，反正所有人迟早都要成为大唐子民的。他们是棕色、蓝色或黑色皮肤又怎样！男人只要能打仗，女人只要床上功夫好，这就行了，我是这么看的！"

"好了，至少你这样说还算是个安慰！我爹是一名大食水手，他回国后便抛弃了怀着孩子的女人，那孩子就是我。"她为他倒了杯茶，接着说，"我十五岁就开始干这行了。我很有希望，所以我母亲把我卖到一条大花船上去。我不得不接客，空闲时还要伺候那些汉人妓女。虐待我是那帮恶婊子的一大乐趣！"

"不过，她们也没对你太坏吧，"乔泰哑着嗓子说道，"你可爱的身体上一处疤痕也没有！"

"她们可不用鞭子抽或棍子打这种粗劣的办法，"她恨恨地说，"老鸨不许她们在我身上留下痕迹，因为她还指望我将来能赚大钱呢。于是那些婊子们就拽着我的头发把我吊在屋椽上，用烧烫的针扎我，只是为了打发一下无聊的夜晚。她们实在烦透了的时候，就把我绑起来，然后在我裤子里放条大蜈蚣。蜈蚣咬人也不会留下痕迹。你一定在猜，它会咬我什么地方！所有这些我都经受过了。"她耸耸肩膀，"没关系，那都过去了。我为自己找了个庇护人，他把我赎了出来，又租了这么好的住处给我。我干的唯一工作就是在宴会上跳跳舞，赚来的钱他让我自己留着。曼苏尔提出要带我回他的国家，让我当他的大老婆，但我不喜欢他。再说，根据我听说的一些情况，我也不喜欢我爹的那个国家。想想看，要我坐在炎热沙子上的帐篷里，与骆驼和骡子为伴？行行好吧！"

"你很喜欢你的庇护人吗？"

"喜欢他？老天，不！可他很富有，也很大方，尽管说要多讨厌就有多讨厌。"她停顿了一下，若有所思地挠了挠耳垂，"我只喜欢一个人，他也深深地爱着我，可我那时就跟他妈的傻瓜一样，把一切都给毁了。"她那双大眼睛充满忧郁，目光越过他，凝视着前方。

乔泰搂住她的腰："可你刚才对我很好呀！"他充满希望地说道。

她一把推开他，不耐烦地厉声道："放手！你已经得到你想得到的一切，不是吗？我该呻吟的时候呻吟，该喘气的时候喘气，像鳗鱼一样扭动着身子，你已玩尽了各种花样，所以别再指望我继续和你卿卿我我的！再说，你根本不是我喜欢的那种男人。我喜欢优雅的绅士，而不是像你这样的普通彪形大汉。"

"不过，"乔泰犹豫地说道，"我也许看上去只是个彪形大汉，可我……"

"省省吧！我已经学会了怎样看男人，他像什么就当他是什么，才不管他认为自己是什么呢！我们还是来谈正事吧。我请你来，是因为你恰好是羽林军都尉。据曼苏尔说，你还是大理卿的得力助手。这就是说，你可以让我取得大唐子民的身份。从法律上说，我是个贱民，你明白吗？一个蜑民女子是不能和汉人结婚的，甚至不允许住在大唐土地上，你明白吗？"

"所以，你的庇护人就把你安置在这条船上？"

"你的头脑很机敏！"她讥讽地说，"他自然不能在岸上给我弄间房子。他财源滚滚，却没有官位；可你是从京城来的，而且你的上司又是大唐的大臣。把我带到京城去，设法让我成为大唐子民，然后把我介绍给一位真正的贵人，剩下的事我就可以自己去办了。"她眯起双眼，微笑着慢慢继续道，"作为一位真正的大唐贵妇，身穿绫罗绸缎，有自己的中国丫鬟，有自己的花园……"突然，她用冷静的声音补充道，"当然，我会用尽力好好服侍你作为回报。刚才我们在帘子后面的那番颠鸾倒凤，我相信，你一定认可我所精通的行当。怎样，做个交易吧？"

她的话，冷漠而又坦白，刺痛了乔泰的心。不过，他仍镇定地回答说：

"成交！"

他对自己说，他要成功地让这女人爱上他。他必须成功。

"很好。我们很快会再次见面的，到时再商定细节问题。我的庇护人有座小房子，当他太忙不能来船上时，就在那儿和我待一个下午。那房子在城西光孝寺南边。一有机会，我会马上捎口信给你。你要知道，你现在还不能接近我的庇护人，他不会让我走的——他把我控制得死死的。他还可以毁了我，如果他想这么做的话。不过，一旦你偷偷把我带到京城，我就会告诉你他是谁，这样，你可以让他拿回为我付出的钱——如果你良心不安的话！"

"你没有犯过罪吧？"乔泰急切地问道。

"我犯过一次很大的错误。"她站起来，将薄袍裹紧她那诱人的身体，接着说，"现在你真的得走了，不然就会有麻烦。我到哪儿能找到你？"

他告诉她自己住的客栈，然后亲了亲她，便离开了船舱。

在甲板上，他看见下一排船中最大的那艘船的船尾就在能够到的距离内。他跳了上去，然后找到来路返回了码头。

他从归德门再次进城，溜达到了五仙客栈。客栈门前停着一乘小轿，他问轿夫们是不是倪船主派来的。他们站起来齐声嚷着"是的"，他便踏进轿子，轿子立刻就被抬走了。

十
▼

　　狄公一夜没睡好。他辗转许久，才稍稍打了个盹。刚从断断续续的睡眠中醒来时，他觉得脑袋隐隐作痛。此刻离天亮还有半个时辰，但他知道已无法再睡了，遂起身下床。他披着个睡袍，在拱形窗户前站了一会儿，见灰色晨空下，黜陟使府屋顶的轮廓渐渐清晰起来。他呼吸着新鲜的空气，便决定在早膳前去散散步。

　　他穿上一件灰色袍子，戴上弁帽，便走下楼去。总管正在前厅向五六个睡眼惺忪的仆役交代一天的活计，狄公于是吩咐他带路去花园。

　　他们穿过夜灯方熄的昏暗走廊，来到黜陟使府大大的后院。主楼后墙外有宽大的大理石台阶，石阶下便是一个布置得甚为优雅美丽的庭园，一条条小路蜿蜒在花丛间。

"你不用等了，"他对总管说道，"我能找到回去的路。"

他走下沾满晨露的石阶，沿着小路来到一个大荷花池边。透过寂静水面上薄薄的晨雾，他看到池塘对面有个小凉亭，于是决定散步过去。他绕着池塘缓缓而行，一边观赏刚刚绽开的或粉或红的荷花。

走近凉亭，透过窗子，他看到一个男子俯身于桌上——他已认出了那滚圆的肩头。他走上台阶，注意到那人正目不转睛地朝面前的一只绿色小瓷罐里张望。显然，他听到了狄公的脚步声，因为他一面仍盯着瓷罐，一面却说：

"你总算来了！快看这个大家伙！"

"早安。"狄公说道。

黜陟使吃惊地皱了皱眉，抬起头来。当他看清来者是谁后，马上站起身，结结巴巴地说：

"对不起，大人！在下……在下真的不知……"

"大清早不必拘礼！"狄公疲惫地打断了他的话，"我昨晚睡得不太好，早晨出来散散步。"

他在另一把椅子上坐下，接着又道："请坐吧！你那罐里装的是什么？"

"我最好的斗虫，大人！您瞧那两条强壮有力的腿，是不是很漂亮？"

狄公探身去看，只觉这只大蟋蟀就像特别可恶的黑蜘蛛。

"真是上品！"他一面坐回去，一面评价道，"不过，我得承认，我是个外行。数十日前来广州的刘大人可是个真正热衷此道之人！"

"在下有幸向他展示了所养的蟋蟀。"黜陟使得意地说。话一说完，他的脸又阴沉了下来，怯怯地看了狄公一眼，接着说道："您知道，他微服返回了广州城。在下向朝廷汇报，有人看见他在此地。不久，我接到命令，让我与他取得联系。但当我派手下四处寻找时，命令却突然取消了。"他犹豫了片刻，不安地捋着胡须，"当然，在下不敢揣测朝廷之事，可广州毕竟是在下的辖地，是不是该有所解释……"他没有说完，而是期待地看了狄公一眼。

"不错！"狄公急切地回答说，"所言极是！离开京城前，我在政事堂议事时也未曾见到刘大人。既然你已接到停止寻找的命令，想必刘大人是返京复职了吧。"

他又靠回椅子上，慢慢地捋着胡须。黜陟使拿过一个竹编的圆盖，小心地盖在绿罐子上，随后说道：

"在下的医生说，大人昨日发现了第二起命案，而且受害者竟是大人您的属下！我真希望都督不至于老得不称职了。广州城很大，而且……"

"不必多虑，"狄公和颜悦色道，"两起案件的根子都在京城，而我的下属又办事不力。应该致歉的是我！"

"您真是体恤下情，大人。您对海外贸易情况的巡查还满意吧？"

"哦，是的。可这事很复杂。要知道，我们必须想出一个更好的制度来管理那些外国人。到时候我草拟一个方案给你，把他们分别限制在一些特定的区域内。我刚刚开始调查大食人的事，接着我要着手解决别的事，譬如波斯人，还有……"

"那大可不必！"黜陟使突然打断道。他咬了咬嘴唇，急急地又继续说："大人，卑职的意思是说，那些波斯人……噢，他们不过几十个人而已，而且都是些有教养的正经人。"

狄公觉得黜陟使的脸变得煞白，不过，这也许是光线暗淡的原因。于是，他缓缓地说道：

"不过，你知道，我想了解一下详情。"

"让卑职助您一臂之力吧，大人！"黜陟使急切地说，"哈，鲍都督来了！"

鲍宽在凉亭的台阶上深躬施礼，进入亭子后又躬下身子。他满脸忧虑地对黜陟使说道：

"大人恕罪！没曾想到那女子脸皮这么厚！她没露面，属下不知她为何……"

黜陟使冷冷地打断他："把人介绍给我之前，怎么也不弄清楚他们是否可靠呢？好了，现在我正和大人有事商谈，你……"

"属下实在惭愧，大人，"这位沮丧的都督急切地为自己辩解道，"不过，属下知道您喜好蟋蟀，而贱内又说那女子对此十分精通……"

黜陟使还没来得及打发都督，狄公赶紧说："我竟不知还有女子喜好此物。她一定也卖这种小虫子吧？"

"的确如此，大人，"都督说道，心中对狄公的介入十分感激，"贱内说这女子在识别蟋蟀上有非凡的眼力。不过，对她用'眼力'一词实不恰当，因为她是个瞎子。"接着他又对黜陟使说，"正如我昨天向您禀报的，大人，贱内命她黎明时，在大人开堂前，来此等候，以尽量少占用大人宝贵的时间，以及……"

"我想知道一下她的住处，鲍大人，"狄公打断道，"买几只蟋蟀回去倒也不错，算是广州城的纪念品吧。"

这一要求看来让都督更为苦恼，他结结巴巴地说道：

"卑职……卑职问过贱内那女子的住处，可那蠢货说她不知道……她只在市场遇到过一次。她被那女子对蟋蟀的痴迷所打动，以至……"

黜陟使的脸气得越来越红，正要狠狠地呵斥都督时，狄公出面为他开脱了。

"没关系，真的。好了，我要回自己的住处去了。"他站起身来，急忙对站起来的黜陟使说，"不，不用麻烦！鲍大人可以为我带路。"

他走下凉亭，进了花园，都督慌慌张张地跟在后面。

当他们上了台阶，狄公笑道：

"不必在意你上司的坏脾气，鲍大人！我自己这么早也不会有好心情的！"都督感激地对他笑了笑。狄公接着说："黜陟使看来对公务十分勤勉，我想他一定经常在城里微服巡视，以便亲自掌握这里的情况吧。"

"从来没有，大人！他这人很傲，认为那样会有失身份！他也实在很难讨好，大人。而且，卑职比他年长许多，又有经验，所以觉得在这儿工作十分……呃……不愉快。卑职在此已任职五年了，大人。卑职原来的职务是我老家山东的一个县令，因为做得相当不错，所以获得升迁，来到广州。我费劲地学会了广州话，而且可以说对本地事务了如指掌。黜陟使在做决定前，应该先征求我的意见才是。可他是个十分刻板的人，他……"

"官员在背后批评上司是不合适的，"狄公冷冷地打断他，"如果你有不满，可以通过正当途径向吏部呈报。我待会要去拜访梁福员外，想再问他一些情况，希望你陪我一起去，用过早膳后再过半个时辰吧。"

都督默默地把狄公引到前厅，便躬身告辞了。

在总管的服侍下，狄公在私人餐厅里用过早膳，从容地喝了杯茶。他的头已经不疼了，但仍然觉得难以集中心思。他漫不经心地望着朝霞逐渐映红窗纸，心中琢磨着那盲女之事："黜陟使真的从未见过她吗？"

他叹了一口气，放下杯子走进卧室。他换上官袍，戴上高高的乌纱帽，便来到大厅。他坐到书案后面时，目光落在一只像公函的大信封上。他扯开信封，粗略地看了一下里面的信笺。然后，他从抽屉中取出一长卷白纸，蘸笔开始写了起来。

他正埋头书写，陶干突然进来向他请安。这个瘦子坐下来，说道：

"我刚刚去过衙门，大人，都督还没到，于是我就把所有的事都对衙役班头说了。那家伙相当精明。要我说，是太精明了。我先命他把那妓女赎出来，然后要他小心地查询那个盲女，他听完后若有所悟地睨视了我一眼。从那一刻起，我发现他跟我说话的口气就格外随便了。"

"好极了！"狄公叫道，"既然那混蛋认为你是个普通的好色之徒，他就不会对都督乱说。而最重要的就是，别让都督和黜陟使知道我们对那盲女感兴趣。"他对陶干说了他们在亭子里的谈话，然后又道，"我有种感觉，黜陟使先前见过她，但不想让

· 95 ·

都督知道。我们只能猜测她失约的原因。她不可能是被绑架的，那样的话，她不可能带走她的蟋蟀和其他东西的。我倒认为她只是想躲起来。但愿那班头像你想的那样精明，能够发现她的行踪——因为我们必须和她谈谈。对了，交给政事堂呈文的草稿我马上就写完了，待会儿我们一起看一下。"

狄公继续在长卷上写着，笔法刚劲有力。过了片刻，他靠在椅背上，轻声朗读呈文。陶干点着头，因为呈文已经简洁地叙述了所有发生的事实，他没什么可添的了。狄公签了名，盖了章，然后拍了拍书案上的那只信封说：

"这封信刚由普通驿使从京城送来，是刑部发来的公函，知会我一名特使已携带一封政事堂的密信由护卫队护送上路，应于今晚到达本地。希望这信是告知我他们已经发现刘大人秘密来此的目的。说老实话，我对这里所发生的事还是摸不着头脑！"

总管进来说，狄公的轿子已等在前院了。

鲍都督正在那儿等他们。他躬身迎接，十二个骑马的兵卒向狄公行军礼致意，二十名穿制服的轿夫直立在豪华的轿子旁。轿子有个高高的紫色华盖，上面是三层镀金的尖顶。

"这么笨重的东西能进得了梁员外家的大门吗？"狄公绷着脸问道。

"很容易，大人！"都督笑着回答说，"已故将军的宅邸实际上是个大府邸，是按古制建造的。"

狄公不满地哼了一声，上了轿子。都督和陶干跟在后面，一行人由骑马的兵卒开道，向前行进。

陶干回禀狄公所交办之事（高罗佩　绘）

十一

▼

　　轿子砰的一声停了下来，把乔泰从混乱的思绪中拉了回来。他跨出轿子一看，这条狭窄的小街很安静，街两边的店铺都关着门。他赏了轿夫几个钱，便去敲那扇普通的木门。

　　一个驼背的老太婆开了门，张开瘪嘴笑着迎接他。她领他穿过一个精心修剪的小花园，来到一座刷白的两层楼房。他们走上一条狭窄的木楼梯，那个老太婆一边喘着粗气，一边自言自语地咕哝着奇怪的话。她将他让进一个宽敞通风.的房间，房间的布置充满了异国情调。

　　左面沿墙挂着一幅绣花的丝质帘子，从天花板一直垂到地面，与昨晚在曼苏尔家看到的风格相同。帘子两边各有一个雪花石的大花瓶，立在低矮的乌木座子上。右面墙上挂着一个木架子，上面搁着十来把外国宝剑。后面是四扇敞开的拱形窗，宽大的窗台上摆放着一些上等的兰花盆栽，相当漂亮。从窗子望出去，便可见到邻街的屋顶。屋内有两把红木雕花扶手椅和一张低矮的圆茶几，地上铺着厚厚的芦席，一尘不染。屋里并没有人。

乔泰正要去细看那些宝剑，帘子掀开了，走出两个十六岁左右的年轻姑娘。乔泰倒吸了一口气，因为这两个姑娘长得十分相像，都有一张相当活泼的圆脸，光滑的皮肤呈浅棕色，戴着长长的金耳环，卷曲的头发做成奇怪的异国式样。她们赤裸着上身，露出坚挺娇嫩的乳房，下身穿着印花布灯笼裤，裤脚在脚踝处收紧，脖子上戴着一模一样的项链——用蓝色的珠子串成，边上镶着金丝。

其中一位走上前来，庄重地看了乔泰一眼，然后用地道的汉语说道：

"欢迎您来倪府。老爷稍后便到。"

"你们两个是何人？"乔泰问道，尚未从惊愕中醒过神来。

"我名叫杜尼娅德，这是我的孪生妹妹达纳妮尔。我们是倪老爷内屋的人。"

"我明白了。"

"您认为您明白了，可您并不明白，"杜尼娅德一本正经地说，"我们虽然服侍船主，但我俩可还是闺女。"

"不会吧？再说，船主是个跑海的人！"

"船主爱着另一个女人。"达纳妮尔认真地说，"他十分专情，是个极端自爱的正人君子，因此他对我俩的态度完全超乎男女之情。真可惜。"

"对船主来说，也很可惜，"杜尼娅德说道，"我俩皆颇解云雨。"

"你们两个野姑娘真不知道自己在说些什么！"乔泰不高兴地说。

杜尼娅德竖起了柳眉。

"我们熟悉所有的房事细节，"她冷冷地说道，"四年前，船主把我们从一个姓方的生意人那里买来。之前，方员外让我们做他三姨太的丫鬟，我们常常伺候他们俩颠鸾倒凤。"

"不可否认，他们的房事相当简单，"达纳妮尔补充道，"从三姨太老是抱怨缺少花样来看，可以作如是观。"

"你们俩说话怎么文绉绉的？"乔泰惊问，"你们到底从哪儿学来的这些冗长费解的话？"

"从我这儿呀。"倪船主悦耳的声音在乔泰身后响起，"很抱歉，让您久等了。不过，要知道，您迟到了一会儿。"他身穿一件薄毛料的绲红边白袍，系着一条红色腰带，头上包着染色的丝绣头巾。

他在那张较小的扶手椅上坐下，杜尼娅德走过来站在他身边，达纳妮尔则跪在地上，带着挑逗的微笑抬头望向乔泰。乔泰交叉双臂，对她怒目而视。

"坐，坐！"倪船主不耐烦地对乔泰说道，又对孪生姊妹厉声说，"你们忘了礼数啦。快去给我们泡点好茶来！再加些薄荷。"两个姑娘去了，他继续说道，"她俩相当聪明，懂汉语、波斯语，还懂阿拉伯语。由她们陪着我夜读各种汉文和外文书籍真是一大快事，而她俩也总是在我书房里看书。对了，乔老爷，

乔泰依约造访倪船主（高罗佩 绘）

看到您安然无恙，我可真松了口气。看样子您昨晚没遇上什么麻烦。"

"你为什么认为我会遇上麻烦呢？"乔泰小心翼翼地问道。

"我可是眼观六路呀，朋友！在小酒店靠门那里坐着的那大食恶棍和蜑民刺客一直在监视着您。"

"是啊，我也注意到那两个家伙了，不过，他们和我没关系。顺便问一下，他们和伙计吵什么？"

"噢，那家伙不肯伺候蜑民。您知道，那些流浪汉碰什么就弄脏什么，所以那个伙计砸了蜑民用过的酒杯。而那个留胡子的无赖也一直盯着您瞧，他跟着您出了酒馆，我就想，都尉可能有点麻烦了。"

"你怎么突然把我升到都尉了？"

"因为我曾瞥到您的金徽，都尉，——那个留胡子的家伙也看到了。我还听说大名鼎鼎的狄公已到了广州，由两名亲随陪同。如果有人遇到两个从北方来的高官着力扮成的卑微的小吏，恕我直言，那他就要动动脑子了。"见乔泰没吭声，船主接着说道，"昨晚在茶馆听说狄公在黜陟使府召开了一次会议，讨论这儿的海外贸易问题。这又让我陷入思索。狄大人断案如神，长于此道，而就算海外商人牟取暴利，你也不能把他们称为罪犯；再说狄公的两名随从还乔装打扮在码头上闲逛。把这两件事联系起来，我就忍不住问自己：广州这里正酝酿着什么样的阴谋呢？"

"显然你挺擅长推断的！"乔泰咧开嘴笑着说，"不过，我们确实在调查大食人的生意。哪儿有大量昂贵的进口货和高额税收，哪儿就……"他的话越来越轻。

"如此说来，你们在这儿是追查走私！"船主将了将他的胡子，"没错，我看这帮大食混账也不会安分的。"

"那些和他们做生意的中国商人怎么样？比方说，姚开泰员外。你大概认识他吧？"

"知道他。一个狡诈的商人，从小本经营开始，一直做到广州城数一数二的富商。但他是个色鬼，好色可是个费钱的嗜好。他有一大群妻妾和野女人，得供她们过奢侈的生活。因此，他也许要通过不合法的手段挣些外快。可我得强调，我从未听到过这方面的传闻。再说，航运业有头有脸的人我差不多都认识。"

"另一位熟悉大食事务的梁福员外又怎么样？"

"那您找错对象了，都尉！"倪船主微微一笑说道，"您可不能把他与姚开泰相提并论。梁员外是世家子弟，家财万贯却又朴素节俭。梁员外会走私犯法？根本是不可能的事！"

那对孪生姊妹端着个黄铜盘子走了进来。她们在一旁倒茶伺候。倪船主抱歉地笑着道：

"招待不周，请多包涵，都尉。我在城南曾经有座大宅子，可几年前为了偿还一大笔债务，就把它卖了。如今我喜欢上陆上的清静日子，并决定留在这儿，直到用完身边的积蓄。在海上的时候，我有大量的时间东想西想，后来就对玄学产生兴趣。现在，我大部分的时间都用来研读这类书籍，有时也去拳剑社锻炼一下筋骨。"他站起来说道，"行了，来瞧瞧我收藏的宝剑吧。"

两人走到架子旁，船主向乔泰历数每把剑的特点，细说剑身的各种镶接之法。接着，他又讲了一些关于广州著名剑客技艺非凡的轶事，那对孪生姊妹贪婪地听着，涂着眼影的眼睛睁得大大的。

突然，那个干瘪的老太婆走了进来，交给倪船主一个小信封。倪船主对乔泰道："恕在下失礼。"他走到拱窗前看了那封短信，然后就把信放进袖子里，让那老太婆退下。他对乔泰说："我们再喝杯茶吧！"

"我喜欢这种薄荷茶，"乔泰说道，"昨晚在曼苏尔家喝了点茴香味的饮料，也相当不错。你认识那个家伙吗？"

"你们两个退下，去给花浇点水，"倪船主对那孪生姊妹说道，"天越来越热了。"姊妹俩快快不快地离开了。船主继续说道："这么说，您想了解曼苏尔的情况。好吧，我给您讲点他的故事。那大概是四年前吧，曼苏尔第一次到我们广州城来。当时此地有个年轻女子，父母双亡，她哥哥便成了一家之主。我得补充一点，这可是一个非常富有的望族。她原本与本地的一个后生相爱，但后来吵翻了，小伙子离她而去，于是她哥哥便将她嫁给一个官员，是个酸气十足的干瘪老夫子，年纪几乎是她的两倍。这段不相配的婚姻开始不久，她就遇到了曼苏尔，并疯狂地爱上了他。您知道，是那种头脑发热、昙花一现的爱情。不久她就懊悔至极，对曼苏尔说一切都结束了。您知道曼苏尔怎么回答的吗？他说结束可以，不过她得付他一大笔钱，作为服务的酬劳——这是他选择的字眼。"

"卑鄙的家伙！你知道他现在干些什么勾当吗？我倒希望有机会能把这个杂种投入大牢！"

倪船主捋了捋他的短须，过了片刻，他回答说：

"不，我不知道。很抱歉，我不太喜欢大食人，他们践踏了我母亲的国家。我很爱我母亲，她的波斯名字叫尼札米，我改姓倪就是为了纪念她。"他停顿了一下，继续道，"这是座大城市，总是充满各种各样的谣传。我的原则是不散播不确实的谣言，那些话通常只是恶意的嚼舌根罢了。"

"我明白了。对了，我在曼苏尔家的宴会上遇见一个名叫朱姆茹德的大食舞女。你见过她吗？"

倪船主飞快地瞅了他一眼。

"朱姆茹德？没有，我从来没见过她。不过，我倒听说她舞艺非凡，长得也挺漂亮的。"

"你知不知道她的庇护人是谁？"

"不知道。如果她有的话，一定是个有钱人。我常听说她要求相当高。"

乔泰点点头，将茶一饮而尽。

"说到漂亮女人，"他接着说，"你身边这对孪生姊妹倒也长得不赖！顺便说一句，她们向我抱怨说你对她们不够亲热。"

船主淡淡一笑。

"我把她们买来已经四年了，看着姊妹俩从小孩子出落成大姑娘。对于她们，我感觉就像我女儿一样。"

"她俩好像挺麻烦的！你是在哪儿买下她们的？"倪船主并没有立即回答，他眼光锐利地看了乔泰一眼，然后说道：

"她俩是一个很正派女子的私生女。这女子是我母亲的远房亲戚，被一个汉人官员诱奸了。她害怕情人会抛弃她，就把孪生女儿送给了她熟悉的一个中国商人。果然，那情人到底还是离开了她。之后，她就自杀了。这件事当时在此地还引起了不小的轰动。不过，她那情人设法置身事外，才不致毁了仕途。”

"可恶的家伙！你以前认识他吗？"

"听说过他，可我不想见他。不过，我一直都关注那对孪生姊妹的情况。那商人家对她俩挺好，可他破产了。他拍卖财产的时候，我就买下了她们。我尽可能地教她们读书，现在我还得给她们找个合适的夫君。”

"我不能耽搁太久，"乔泰知趣地站起身来说道，"我最好现在就走。"

"您一定得再来呀，我们比比拳术。"船主一边送他下楼一边说，"您比我壮实一点，可在年龄上我有优势。"

"那太好了！我是需要活动活动。过去我倒常和我的把兄弟练拳，可如今这家伙成了家，发福了！"

在小花园里，杜尼娅德与达纳妮尔正拿着小水壶浇花。

"再见了，孩子们！"乔泰大声叫道。

姊妹俩故意装作没听见。

"我支走她们，她们生气了。"船主笑着说，"她们像猴子一样好奇，可她们讨厌别人叫她们孩子。"

"我也变得像父亲一样了。"乔泰自嘲地说，"多谢你让我观赏你那些宝剑！"

船主在他身后关上了门。乔泰这才注意到街上很拥挤，人们一大早买完东西正急匆匆地赶回家去。乔泰在人群中往前挤着，迎面撞到了一位年轻女子，他刚想道歉，那女子已经急匆匆地走了过去，他只看到她消失在人群中的背影。

十二

▼

在梁福家的前院里，鲍都督和陶干扶着狄公从轿子里出来。狄公注意到，整个宅院确实相当宏伟，院子里铺着雕花的大理石板，后面那扇包铁大门前的台阶也很宽，同样也是用了昂贵的大理石材。梁员外急忙走下台阶，后面跟着一个蓄着乱蓬蓬灰白胡子的老头，显然是这宅子的管家。

梁福深施一礼，向狄公致意。接着，他便喋喋不休地说，由他来接待甚为高贵的京城要员与本地的都督，真是荣幸之至。狄公任他唠叨了一会儿，然后说道：

"我很清楚，此次拜访与朝廷大臣的身份不符。不过，梁员外，我非常渴望来拜谒像令尊这样一位大英雄的府邸。我也喜欢瞧瞧人们是如何生活的，这还是我在任县令时养成的习惯。请带路吧！"

梁福又恭恭敬敬地鞠了一个躬。

"请允许我带大人参观一下先父的书房。我一直都将它保持原样。"

他们迈上大理石台阶，穿过一个两边有巨大柱子的昏暗厅堂，再经过花园，便进入一座更大的两层楼房。房子里零散地摆放着几件雕花乌木古董家具，墙上挂着有关海战的彩色长卷。房里除了见到他们就急忙跑开的老妈子外，一个人也没有。

他们穿过另一个院子，狄公问道："照看如此大的宅子需要不少仆役吧？"

"不需要，大人。因为我只住一侧的厢房，且只在晚上回来，白天我都在城中的生意铺里。"他停顿了一下，接着笑道，"由于事务缠身，直到现在我还尚未成家。不过，明年我就三十五岁了，我会把成家大事办了。这是我住的厢房，先父的书房在后面。"

老管家在前领路，梁福、狄公和都督紧随其后，陶干走在最后面。一行人走进一条宽敞的游廊。

游廊先是绕过一个竹园。园内修竹丛丛，叶子沙沙作响，投下一片凉爽的绿荫。接着，游廊将众人引到一座平房旁。游廊左侧的宽大窗子外是一座庭院假山，右侧是一排房门紧闭的屋子，屋子前面都有黑漆栏杆，窗户上糊着干净的白色窗纸。

突然，陶干拽了拽狄公的袖子，将他拉过一边，兴奋地耳语道：

"我看见那个盲女了！在我们刚才经过的第二间屋子里。她在看书！"

"去把她带来！"狄公简短地说道。陶干急忙往回跑，狄公对梁员外说："我的手下提醒说，我忘了带扇子。我们在这儿等他片刻。那儿的假山真是漂亮！"

忽然，他们身后传来一个女子愤怒的声音。

"什么声音？"梁福叫道。他匆忙折了回去，狄公与都督紧跟其后。

此时，陶干站在第二间屋子前，双手紧抓着栏杆，他抬头望着那个美丽的年轻女子，惊愕地一句话也说不出来。那女子站在一间布置优雅的小屋里，身后可见一个画着山水画的帘子。她对梁福气愤地说道：

"这个粗莽的家伙是谁？我刚把窗子拉开，好让屋子亮一点，他就突然冒出来大叫，说我欺骗了他！"

"看错了！"陶干急忙告诉狄公，然后又低声说，"她很像那盲女，但不是她。"

"这女子是谁，梁员外？"狄公问道。

"是我妹妹，大人。她是都督的夫人。"

"贱内听说卑职要陪大人来这儿，"都督解释道，"就决定也过来瞧瞧她原来住的屋子。"

"我明白了。"狄公说道。接着，他又对鲍夫人说："请原谅，夫人！我手下认错人了。"狄公匆匆扫了一眼桌上摊开的书，又说道，"我看你正在读诗。这倒是个好消遣，可以提升品位。"

"诗？"鲍都督好奇地望着妻子问道。她很快合上书，搪塞道：

"随便翻翻而已。"

狄公注意到，她确实很漂亮。她有一张迷人的、敏感的脸孔，同她兄弟一样长着两道长长的弯眉毛——但长在她哥哥脸上就有点女子气了。她羞涩地接着说：

"能见到大人真是三生有幸，我……"

"你夫君说你认识个卖蟋蟀的姑娘，"狄公打断道，"我想见见她。"

"我若再见着，一定转告她，大人。"她嗔怪地瞥了都督一眼，然后说，"刚才夫君还嫌我没问清她的住处。不过，她告诉我，她几乎每天都来市集，所以……"

"多谢夫人！告辞了。"

一行人继续往前走。狄公问梁福：

"你还有别的兄弟姊妹吗，梁员外？"

"没有了，大人，我是独生子。我原有两个妹妹，可大妹妹几年前死了。"

"事情发生在我们婚后不久，"鲍都督用淡淡的、刻板的声音说道，"这对我那年轻的妻子来说，打击不小，当然对我也一样。"

"发生了什么意外？"狄公问道。

梁福回答说："她睡觉时风将窗帘吹到了油灯上，屋子着了火。她一定被烟熏昏过去了。后来我们只找到些烧焦的残骸。"

狄公说了几句安慰的话。梁福打开一扇沉重的门，领着大家走进一间屋顶很高、颇为凉爽的屋子。梁福做了个手势，管家便

陶干在梁员外府邸发现了正在看书的盲女（高罗佩　绘）

走到窗前，卷起了竹帘。

狄公打量着四周。四面靠墙都摆放着书架，上面堆满了书和一卷卷的文案，蓝色地毯的中央放着一张巨大的桌子，桌上只有两个银烛台和文房四宝。梁员外将一行人领到角落的茶几旁，他先请狄公坐在茶几后的一张大扶手椅里，又让都督和陶干坐在茶几前的靠背椅上，自己则找了张稍远的矮椅子坐下，然后叫管家上茶。

狄公抻着他的长须，满意地说道：

"我感受到了一种舒爽高雅的气氛，而这正是人们心目中儒将的书房。"

大家品着茶，聊了一会儿"南海王"打过的海仗。梁福给他们又看了将军收藏的一些颇有价值的旧广州城地图。狄公仔细地察看着一张地图，突然用食指指着说：

"这里是华塔寺！昨晚我曾去过那儿。"

"这是本地的名胜之一，大人，"梁福说道，"我每隔数日便去一次，同寺里的方丈对弈。他可是个高手，学问广博。他正潜心写书，叙述佛经的传播史。"

"他生性好学，"狄公说道，"那他一定把寺中的事务交给寺监去管理了？！"

"这倒没有，大人！方丈非常尽职。事实上他也必须如此，因为偌大的一个寺庙是需要严格管理的。各色可疑的人都去那儿，想诈取那些容易上当的香客的钱财。我指的是窃贼、骗子之类的人。"

"你应该再加上杀手。"狄公冷冷地说道，"昨天我在那儿发现一具官府探子的尸体。"

"原来那些和尚谈论的是这件事！"梁福叫道，"当时我和方丈正在下棋，他突然被叫走了，半天未见回来。我就问和尚们怎么了，他们说有凶杀案件。是谁干的，大人？"

狄公耸了耸肩膀。

"地痞恶棍之类的。"他回答说。

梁福摇了摇头。他抿口茶，叹了口气，说道：

"这就是繁华广州城的另一面，何处有财富，何处就有可怕的贫穷。若随便看看，就只能看到都市生活靡华的表面，殊不知其底里还有个无情的下层世界，在那儿，海外的恶棍和中国的无赖狼狈为奸。"

"所有这些人都被严格控制了，"都督冷冷地说，"而且我要强调，那些犯罪活动都被限制在他们自己的区域之内。其实每个稍大点的城市都有这样的渣滓。"

"本人深信不疑。"狄公说道。他将茶一饮而尽，然后对梁福说："你刚才提到了海外恶棍。我听到些不利于曼苏尔的传闻，他会不会雇大食恶棍干犯罪的勾当？"

梁福坐直了身子，捋着细细的山羊胡，沉思良久，然后回答说：

"我本人并不认识曼苏尔，大人。不过，我倒听说过许多关于他的事，当然主要是从我的朋友，也是生意伙伴姚员外那儿听来的。一方面，曼苏尔是个经验丰富的船主，足智多谋、英勇善战，是个精明的商人；另一方面，这个大食人野心勃勃，对他的人民和宗教忠诚到狂热的程度。他在自己的国家里很有名，他是哈里发的远房侄子。他在叔叔手下身经百战，多次击退了西方野蛮人的入侵，原本应该被封为领地的军事首脑，可是由于讲话不慎，冒犯了哈里发，于是被逐出了朝廷。不过，他从没放弃再次获得哈里发青睐的想法。为达目的，他会不择手段的。"

梁福停下来考虑了片刻，小心措辞，接着说：

"刚才我所说的情况是确实的，下面我要讲的则只是道听途说的。有人私下里传，曼苏尔想在广州制造骚乱，打劫这座城市，然后带着丰厚的战利品乘船回国。哈里发若认为这一丰功伟绩有助于提高大食国的威望，就会奖励曼苏尔，让他在朝廷中官复原职。不过，我得再说一遍，这仅仅是传闻。我这么说也许对曼苏尔已经太不公平了。"

狄公竖起了眉毛，问道：

"一小撮大食人怎么能敌得过一千多名经验丰富、武器精良的府兵士卒呢！更别说还有卫兵和港口捕快了。"

"曼苏尔曾经多次参加过围攻异族城市的战斗，大人。因此，我们可以推断他在这方面有许多经验。他一定知道，广州不同于北方的城市，有大量木结构的两层楼房，只要趁天气干燥有风的日子，在几个精心挑选的地方放火，就会酿成灾难性的大火。趁混乱之机，一小伙亡命之徒便可以抢到很多东西。"

"天哪，他说得没错！"都督嚷道。

"再者，"梁福接着说，"不管谁在城里制造混乱，一旦开始打劫，就会有人积极响应。我指的是数以千计的蜑民，那些人对我们怀着深仇大恨，已有数百年了。"

"说得不是完全没有道理，"狄公叹了口气说道，"不过，那些水户能干些什么？他们既没组织，又没兵器。"

"可是，"梁福不紧不慢地说，"他们的确有某种组织，好像是由大巫师们召集起来的。他们虽然没有重兵器，但若进行巷战，却也很难对付；而且他们使起长刀来身手相当敏捷，并擅长用丝巾勒死对手。他们对所有的外族人都抱有戒心，不与别人交往——这话自然不假；不过，因为他们女人的狎客主要是大食水手，曼苏尔要同他们拉好关系并非难事。"

狄公没有表态，他在琢磨梁福的话。陶干对梁福说道：

"梁员外，我注意到有蜑民刺客把对方勒死之后，总是把扎着银元的头巾留在现场。那东西相当值钱，他们完事后干吗不带走，或者用铅来代替银呢？"

"他们很迷信，"梁福耸耸肩回答说，"这东西是献给受害者的灵魂的。他们相信这可以防止鬼魂日后再来找他们的麻烦。"

狄公抬起头。

"再给我瞧瞧那张《广州城地图》！"

梁福将地图展开摊在桌子上，狄公让鲍都督指出木结构房屋最多的地区。从地图上可以看出，这个人口密集的地区几乎包括了所有中层居住区和贫民区，房子之间的街道又很狭窄。

"的确，"狄公严肃地说，"一场大火很容易就能摧毁广州城的绝大部分。到时候生灵涂炭，财物损失不计其数。我等绝不能忽视关于曼苏尔的传闻，必须立即采取措施，充分的预防措施。我这就命黜陟使下午在黜陟使府召开秘密会议，除了你们两人之外，再把姚开泰、本城府兵将军和港口捕快也叫来，我们大家一起讨论如何对付曼苏尔，并制定紧急的预防措施。"

"我有责任再次强调，大人，"梁员外担心地说道，"曼苏尔也可能是无辜的。他做生意心狠手辣，而且这儿的巨商之间竞争激烈，他们之中某些人也许会为了除去一个成功的对手而不择手段，所有这些关于曼苏尔的传闻或许只是恶意的诽谤。"

"希望你的看法没错。"狄公淡然说道。他喝光了杯中的茶，站起身来。

梁福恭敬地领着他的贵客穿过庭院和走廊，再次回到了前院。他一再深深施礼，向众人道别。

十三

▼

　　狄公去梁福家后不久，乔泰回到了黜陟使府，他提前了一个时辰。总管将他带进了狄公所住厢房的厅内。

　　板正的总管告诉乔泰，狄公要到中午方能回来，于是乔泰走到檀木榻旁，脱了靴子，一头倒在柔软的枕头上，打算好好地打个盹。

　　他虽然很累，却怎么也睡不着，辗转反侧了一会儿，情绪越来越低落。"你这该死的笨蛋，这把年纪了，别这么多愁善感！"他生气地自言自语道，"真该掐一下倪家那两个小骚货的屁股。她们其实也欠掐！我的左耳朵究竟怎么了？"他把小拇指伸进耳朵，用力转圈抠着，可还是听得到一种清脆的声音不停地响着。他四处寻找，才发现声音是从自己的左袖子里发出的。

他把手伸进袖筒里摸了一下，摸出个一寸见方的小包，用红纸整整齐齐地包着，纸上用细长的字体写着：陶相公亲启。

"看来是她塞进来的！"乔泰喃喃地说，"肯定是她的女伴干的，就是在船主屋前撞到我的那个小妞。那小蹄子手脚麻利地把这个塞进我的袖子里。可她又是怎么知道我要来倪家的呢？"

他站起身，走到大厅门口，把小包放在远离狄公书桌的一张墙边桌上。然后，他回到檀木榻上，再次躺下，这次他立刻就睡着了。

近晌午时他醒了，刚穿好靴子，正惬意地伸展着僵硬的四肢，门被打开了。总管领着狄公和陶干走了进来。

乔泰和陶干在老位子上坐下，狄公径直走向后面的书桌。他从抽屉里拿出一张很大的广州地图，摊开放在面前，然后对乔泰说：

"我们跟梁福聊了许久，看来我们当初的猜测可能是正确的。刘大人想必是发现了大食人正在策划骚乱，所以才再来广州的。"

乔泰聚精会神地听着狄公复述刚才谈话的大致内容。最后，狄公总结道：

"梁福证实了寺中那个妓女所说的话，大食人确实经常光顾蜑民的妓院。因此，这两伙人有充分的机会勾结起来，这就说明为什么刘大人会被那些邪恶的水户用独有的毒药所谋害。你们俩在码头酒馆里看到的那个同大食刺客在一起的矮子显然是蜑民，而那个刺客是在过道里被蜑民刺客所惯用的丝巾勒死的。由此可以看出，反对大食人闹事的那伙人也雇用了蜑民杀手。这一切真是让人百思不得其解。无论如何，我都不会让大食人在这儿制造任何事端的。我已命黜陟使未时正在议事厅秘密议事，讨论预防措施。你有什么收获，乔泰？"

"我找到了那个舞女，大人。她确实有蜑民血统，得自她母亲。可惜庇护她的人是个爱吃醋的家伙，因此她不敢在他为其长租的船上和我聊太久。不过，她说他俩有时也在光孝寺南面的一间小屋里约会。到适当的时候，她会通知我到那儿再与她碰头的。她只能偶尔去那里，因为她是蜑民，不允许住在岸上。"

狄公气愤地说："此项陋制必须废除，对我们这样一个大国来说，这可不是件光彩的事。我们有责任教化这些落后的可怜人，让他们成为大唐的顺民。你是否还去了倪船主家？"

"我去了，大人。我觉得他是个讨人喜欢的家伙，而且消息灵通。他谈了许多关于曼苏尔的情况，正如我料想的那样。"

听乔泰讲完船主所提供的情况后，狄公说道：

"你最好当心那个船主，乔泰。我不相信他那番鬼话，这同我从梁福那儿听来的对不上号。曼苏尔是个富甲一方的王侯，他何必屈尊敲诈别人？再说，他又从哪儿知道这些事的呢？让我想想……他告诉你他决定在岸上住几年，因为他喜欢过清静的日子，想潜心研究玄学——这话听起来根本就不是真的！他是一个跑船的，而一个跑船的要离开大海是需要更充足的理由！我想，是倪船主自己爱上了那个女人，而她家里趁他出海时，将她另嫁他人。他留在这里，是因为他知道她那上了年纪的丈夫迟早会死，那样，他就能娶他的旧相好了。自然，他之所以恨曼苏尔，是因为那个大食人与他的情人关系暧昧，因此他杜撰了那个敲诈的故事。你以为如何？"

"没错，"乔泰缓缓地说，"大人说的可能是正确的。这与他那两个女奴告诉我的正好吻合。她们说，船主深深爱着某个女人。"

"两个女奴？"狄公问道，"怪不得都督昨天说倪某生活放荡。"

"不，大人。那两个姑娘——对了，她们是双胞胎——准确地说，船主甚至没和她们调过情。"

"那他把她俩留在身边做什么？做室内摆设？"陶干问道。

"他这么做是出于对她们母亲的尊敬，因为她们的母亲是他的远亲。这是个相当凄惨的故事。"他详细地复述了倪船主所说的话，然后又说道："诱奸那年轻女子的混蛋必定是个卑鄙的杂种。我最恨那些家伙，他们自以为可以对异族女子为所欲为。"

狄公用锐利的眼光瞧了他一眼，心事重重地捋着络腮胡。最后，他说：

"好了，还有比船主的私生活更重要的事要我们去操心。你俩现在可以去用午膳了。不过，未时正之前要回到这儿来议事。"

两人向狄公告辞，准备离开大厅。乔泰从桌上拿起那个小包，递给陶干，小声说道："这是我离开倪家时，街上一个姑娘趁我不注意时塞到我袖子里来的。她是故意撞到我的。因为上面写着你亲收，所以我不想在你没看之前就把它交给狄大人。"

陶干急忙将它打开。里面有一个蛋形的物件，用旧信封包着，那是一个漂亮的牙雕蟋蟀笼子。陶干将笼子凑到耳边，听了一会儿轻柔的唧唧声。"这肯定是她给的。"他咕哝道。突然，他叫了起来："瞧这儿！这是什么意思？"

他指着信封口上的方印章，上面的字是：御史刘文之印。

"我们必须马上把这交给狄大人！"他激动地说道。

两个人又折回厅里。狄公正在研究地图，听见声音立即惊讶地抬起头来。陶干一言不发地将那笼子与信封递给他，乔泰则匆匆讲述他是如何得到这个物件的。狄公将笼子搁在一边，细细地察看那个印章，然后撕开信封，取出一张薄薄的信笺。信笺上满是用草体写的蝇头小字。他将信笺平摊在案上，仔细阅读起来。最后，他抬起头，严肃地说：

"这是刘大人记下来以备自用的笔记。这里面提到三个大食人，他们付给他几笔钱，作为接收货物的报酬，不过没说清是什么货物。除了曼苏尔，他还提到另外两个人的名字，译过来是阿米提和阿齐兹。"

"老天！"乔泰惊叫道，"这么说，刘大人是个内奸。"

"这可能不假。"狄公不紧不慢地说，"印章没错，我在大理寺看到过数百次了。至于笔迹，我虽然熟悉刘大人呈给政事堂的机密呈文中的笔迹，但不熟悉他在这类笔记中用的草书。不过，这份备忘笔记上那种龙飞凤舞的草体，也只有大学者才能写得出来。"

他靠回椅子上，沉思良久。两个亲随焦急地望着他。突然，他抬起头来。

"我来告诉你们这是什么意思！"他轻快地说，"有人将我们来广州的真正目的了解得一清二楚！既然这是严禁泄漏的朝廷机密，可见那个不知名的人必定是京城里的高官，参与政事堂的秘密事宜，他也必定属于反对刘大人的那一党。他和他的同伙将刘大人诱至广州，目的是要让他卷入曼苏尔的阴谋中去，然后指控他背叛朝廷，这样就可以把他逐出朝廷。刘大人当然看穿了这一拙劣的阴谋。他假装愿意与大食人合作，正如这张纸条上记的那样。他这么做仅仅是为了找出真正的幕后策划者。然而，那伙人显然意识到刘大人已看穿了这项阴谋，于是就将他毒死了。"

狄公平静地望着陶干，继续说道："那盲女给你这封信，说明她是好意，但同时也说明刘大人死的时候她在现场，因为盲人不可能捡到丢在桌上或街上的信。她必定是用她敏感的双手搜寻死者袖子时发现了信封，于是偷偷把它取走，没让凶手发现。'金铃'也是她从刘大人身上拿走的。她告诉你她经过寺庙时听到蟋蟀叫声一事，纯属子虚乌有。"

"事后她定是请她信任的某个人看了这信封，"陶干说道，"在得知上面有刘大人的印章后，就把它留了下来。在我离开她房间后，某个人或某些人曾去过她那儿，说我正在调查刘大人的失踪案，她就托人把那信封送给我，再附上蟋蟀，好让我知道这是她给我的。"

狄公几乎没在听他说话，却突然愤怒地叫了起来：

"我们的对手对我们的一举一动了如指掌！这真是不可思议！那个船主肯定同他们是一伙的，乔泰！那个不知名的女子在船主屋前把小包放进你的袖子里不会仅仅是个巧合。马上回到倪船主家，详细盘问他！开头稳便些，如果他不承认认识那个盲女，你就把他锁来见我！我在餐厅里等着。"

十四

▼

　　乔泰做了些防范，离船主家还有一条街时便提前下了轿，然后徒步而行。敲门前，他朝街上左右张望，附近只有几个街头小贩，大多数人不是在吃午饭就是已准备要午睡了。

　　那个丑老太婆开了门，一见人就絮絮叨叨起来，乔泰猜测她说的是波斯话。他听了片刻以示友好，然后闪过她走了进去。

　　二楼一片寂静。他推开客厅的门，里面空无一人。他想，船主和那两个娇媚的女奴大概已经吃完了中饭，正在午睡吧。"他们是分开睡的，就像杜尼娅德说的那样！"他气恼地自言自语道。他要再等一会儿，或许那丑老太婆还有点头脑，会去叫醒船主。若没人出来，他就只好自己去其他房间找了。

　　他走到摆剑的架子前，再次赞叹起陈列在那儿的宝剑来。他望着宝剑出神，根本没注意到有两个包着头巾的男子爬上了屋外的平顶。他们悄无声息地进了屋子，小心地跨过摆在窗台上的兰花盆栽。那个瘦子抽出了长刀，而矮胖子紧握着一根木棍。他们走到乔泰身后，那矮胖子举起棍子猛地一下敲在乔泰的后脑勺上。乔泰站在那儿僵了片刻，然后砰的一声重重地倒在地板上。

"这儿有许多好剑供我们挑选，阿齐兹，"那个瘦大食人走到剑架前说道，"我们这就来完成曼苏尔的任务。"

"赞美安拉！"一个银铃般的声音用阿拉伯语说道，"我终于摆脱了这个不信教的好色之徒！"

两个恶棍急忙转过身，目瞪口呆地望着从帘子后面走出来的姑娘。那姑娘一丝不挂，只戴条蓝色项链，穿着一双白色缎鞋。

"从天国降临的美女！"那矮胖子虔敬地说。他用狂喜且难以置信的眼神盯着她那美妙的玉体。

"还是把我看成是对所有虔诚教徒的赏赐吧！"达纳妮尔说道。她指着乔泰，又说："这家伙想强奸我。他刚才以剑相逼无耻地强行搂抱我，我只好逃到帘子后面去。他是个淫驴生的杂种。"

"请给我们点时间来解决他，"那瘦子热心地说道，"然后，再由你来陪我们。对了，我叫阿米提，我的这位朋友叫阿齐兹。"

"陪阿米提还是阿齐兹呢？这可让我为难了。"达纳妮尔一面说，一面带着挑逗的微笑上下打量着他们，"你们俩都是英俊的年轻勇士，让我想想！"她快步走到他们面前，扯着两人的袖子，让他们背对帘子并肩站好。

"安拉在上！"矮胖子不耐烦地叫道，"你那美丽的小脑袋瓜干吗要烦呢？先陪……"

突然，他的声音噎住了。他双手捂着胸口倒了下去，鲜血从他扭曲的嘴里缓缓流出。

达纳妮尔一把抱住瘦子，吓得惊叫起来。

"安拉救救我们！"她大声哭道，"这是怎么……"

一个大雪花石花瓶砸在那瘦子的脑袋上。达纳妮尔放开手，他便歪倒在芦席上。

杜尼娅德从帘子后面出来，呆呆地望着躺在地上的两个大食人。

"干得不赖嘛！"达纳妮尔说，"可你干吗不把那一个也捅死？要知道，船主很喜欢那个花瓶。"

"我注意到他肩上鼓出来一块，怕他穿着铁甲背心。"杜尼娅德尽量装得满不在乎，但她的声音却在发抖，脸色也非常苍白，额头上渗出一层细细的汗珠。突然，她跑到远处的一个角落，在地上呕吐起来。过了一会，她转过身来，拂开沾在脸上的湿头发，喃喃说道：

"一定是中午吃的鱼。来，把你的裤子穿上，帮我弄醒他。"

她跪在乔泰身边，开始按摩他的脖子和肩膀。达纳妮尔拿来一罐水，将水浇在他的头上。

过了好长一段时间，乔泰才恢复知觉。他抬眼茫然地望着两张俯视他的面孔。"好可怕的一对孪生姊妹！"他倒吸了口冷气，随即又闭上眼睛。

两名恶棍目瞪口呆地望着从帘子后面走出来的姑娘（高罗佩　绘）

乔泰纹丝不动地躺了片刻，然后缓缓坐起，摸着脑后隆起的大包。他理理头发，小心地戴正帽子，恶狠狠地瞪了孪生姊妹一眼，咆哮道：

"老天，这出恶作剧让我丢尽了脸，我要打烂你们的小屁股！"

"拜托你瞧瞧袭击你的那两个人好吗，大老爷？那个瘦的叫阿米提，胖的叫阿齐兹。"杜尼娅德一本正经地说。

乔泰坐起身来，凝视着躺在帘子前的那两个大食人，以及散落在席子上的刀和棍。

"在我妹妹分散他们的注意力时，我乘机捅死了那个矮胖子，"杜尼娅德解释道，"另一个我只是将他打昏了，你愿意的话可以审问他。他说过，是曼苏尔派他们来的。"

乔泰慢慢地站了起来。他觉得恶心和眩晕，可还是咧嘴笑着说："好姑娘！"

"你现在该去吐一吐了，真的。"达纳妮尔说道。她关切地望着他惨白的脸："这是头上遭重击后的正常反应。"

"我看上去那么没用吗？"乔泰愤然地问。

"如果你想象自己正在吞食一大块有点腐臭的肥羊肉，你会吐的。"达纳妮尔建议道。当他开始反胃想呕吐时，她又赶紧说："别吐在席子上！请到那边角落里去吐！"

乔泰跌跌撞撞地走到那个地方，呕吐起来。他不得不承认，吐过后确实舒服多了。他拿起水罐喝了一口水，吐出窗外，然后走到躺在地上的那两个人身边。他从矮胖子背上拔出杜尼娅德的那把刀，并在死者的袍子上把刀擦干净。他很勉强地称赞道：

"刀法真利索！"他又察看瘦子的脑壳，然后抬起头来说道：
"其实，这个干得也利索过了头。他死了。"杜尼娅德压着嗓子
惊恐地叫了一声。乔泰对她说道："你涂在眼圈上的黑粉掉色
了，看上去很糟糕。"

杜尼娅德一转身，跑到帘子后面去了。

"别管她，"达纳妮尔说，"她神经过敏。"

乔泰仔细地检查那两个死者的衣物，然而，他们身上连一张
小纸片也没带。他站在那儿，捋着胡子陷入沉思，直到杜尼娅德
重新化好妆回来，他才说道：

"真奇怪，这两个人到底要干吗？他们为何不马上把我刺
死？那把长刀看上去挺管用的。"

"我说什么来着？"杜尼娅德对妹妹说，"他人挺好，可惜
太笨了。"

"嘿！干吗说我笨？你们这两个无礼的野丫头！"乔泰叫起
来。

"因为你连这么简单的道理都想不明白，"她沉着地回答
说，"难道你没看出他们要用船主的剑来刺死你吗？这样就可以
让人觉得凶手是船主。如果你还不明白，我乐意再为你解释一
遍。"

"我的天！"乔泰叫道，"你说得没错！船主在哪儿？"

"他用过午膳后就出去了。我们听到老太婆向你解释过，可
你没听懂，不管三七二十一就进来了。你真够冒失的。"

"那我进来时你们俩为什么不露面呢？"

"所有关于男女的书卷都说，"杜尼娅德认真地说道，"判

断一个男人性格最好的办法就是，在他认为周围没有人的时候观察他。因为我们俩都对你感兴趣，所以就躲在那个帘子后面观察你。"

"真没想到！不过，还是要感谢你们！"

"你难道不认为，都尉大人，"杜尼娅德认真地继续说道，"今天发生的事足以让你把我们俩买下来当妻子吗？"

"这绝对使不得！"乔泰惊叫起来，他吓坏了。

"绝对使得！"她坚决地说。她双手叉腰，又问道："你想我们救你命是为了什么？嗯？"

达纳妮尔一直目不转睛地盯着乔泰瞧，此时她缓缓说道：

"别那么莽撞，姐姐。我们说好了的，这事必须我们俩同时干，不是吗？你能肯定这个人有足够的精力吗？"

杜尼娅德怀疑地瞅了瞅他："难说。我看他胡子有的已经灰白了，至少也有四十岁！"

"如果我们俩之中有一个会失望，那就太糟糕了。"姐姐继续说道，"我们姐俩想共同分享床第之欢的，不是吗？"

"你们这两个淫荡的小骚货！"乔泰愤怒地叫了起来，"你们那个瞎眼的女伴也和你们一样吗？"

杜尼娅德毫无表情地看了他一眼，然后厌恶地对妹妹说：

"他想要个瞎眼女子！对了，只有那种女人他才有把握弄到！"

乔泰断定自己不是姊妹俩的对手，于是疲惫地对杜尼娅德说：

"让那个丑老太婆叫两乘轿子来，我可以把这两具尸体运到我上司的驻地去。在轿子来之前，我帮你们把这儿弄干净，但有一个条件，那就是，把你们俩的樱桃小嘴闭上！"

十五

▼

　　与此同时，狄公已在他的餐厅里同陶干一起用完了午膳。他们一边喝茶，一边等着乔泰回来。快到未正时分，乔泰还没露面，狄公便起身叫总管带他们去议事厅。

　　黜陟使和鲍都督都站在门内恭候，他们身旁站着一个蓄着胡子、穿着闪亮铠甲的人。黜陟使介绍说，他是府兵将军，另一个站在他们身后的官员是市舶使，看上去比他们稍微年轻些。梁福和姚开泰也都上前向狄公行礼。随后，黜陟使领狄公走到大厅中央早已准备好的一张大书案旁，请他落座正中。

　　所有贵宾按各自等级落座，两名书吏分坐在两张稍矮些的桌子旁，将毛笔蘸好墨，准备做会议记录。狄公这才宣布开始议事。他简要介绍了一下所面临的问题，然后命府兵将军简述一下目前的战略形势。

不到两刻时，府兵将军便简要介绍了广州的城区布局以及府兵所属兵力的布防。中间仅被打断过一次，一名小吏走进来将一封信交给鲍都督，都督匆匆看完信后，请求狄公让他暂且告退片刻。

狄公刚要问府兵将军有何安全措施可资参议，黜陟使却站起身来开始发言。他审慎小心，发言的内容多涉及广州行政等诸般事宜。在他发言的过程中，鲍都督回来了，坐到自己的位子上。黜陟使说了一刻时，言及许多毫不相关的细节，狄公听得甚不耐烦，正要换个坐法，一名随从走了进来，小声地向狄公报告说乔泰有急事求见，请示是否带他进来。狄公很高兴可以有机会伸伸腿，便决定不顾官场礼节，自己出去见乔泰。他起身说要离开片刻，请大家继续。

在前厅，乔泰匆匆讲述了一遍发生在倪船主家的事。

"去大食人的聚居区，立即拘捕曼苏尔！"狄公生气地说道，"这是我们可以用来指控这个恶棍的第一个直接证据！而阿米提和阿齐兹这两个人，刘大人在他那笔记里也曾提到过。带上我的四名手下。"乔泰高兴地咧嘴笑了。他正要转身离去，狄公又补充道："设法把倪船主也带来，假若他还没回来，就让衙门给广州城所有的里正都发一张拘捕令。我要和那个船主谈谈！好一个玄学的研习者！"

狄公返身进屋就座。他严肃地说道：

"我们此次议事的要事之一，是讨论对曼苏尔应该采取什么措施，他是这里大食人聚居区的首领。我刚刚得知一些情况，这让我不得不下令立即拘捕他。"狄公一边说，一边迅速地观察着每个人的表情。

大家都点头表示赞同，只有姚员外露出怀疑的神情。

"我也听说了关于大食人即将叛乱的传闻，"姚开泰说，"不过，我认为这只是不负责任的饶舌罢了，并没有放在心上。至于曼苏尔，我可以说很了解他，他虽然傲慢，性子也急，但我确信他连做梦也不会想到要策划这样的叛乱行动。"

狄公冷冷地瞥了他一眼。

"我承认，"他心平气和地说道，"我没有具体的证据可以指控曼苏尔——目前还没有。不过，既然他是大食人聚居区的首领，他本人就要对同胞中发生的每一件事负责，而且他正好也可以借这个机会证明自己是清白的。当然，我们仍然必须考虑曼苏尔是不是主谋这一问题。在逮捕他之前，采取预防措施并非多余。现在我请将军系统地陈述一下这些措施。"

待府兵将军以他惯有的简明方式陈述完之后，市舶使又补充了几点意见，主要是建议限制大食船只在港口的活动。官员们一致通过了这些方案，狄公随即令鲍都督根据这些方案拟出必要的命令和布告。完成所有这些文案并讨论和确认就花了相当长的时间，最后狄公在文案上签章。正当他要宣布议事已毕时，黜陟使却从怀中取出厚厚的一叠文案放在桌上，郑重地清了清嗓子，然后说道：

"这次突然冒出来的大食人事件，占用了大人您如此多的宝贵时间，为此卑职深感不安。卑职并未忘记大人此行的目的是巡视此地的海外贸易情况。我已让市舶司拟定了一份呈文，里面详细记录了重要货物进出口的有关数据。若大人允许，卑职现在就根据这些呈文简要地讲述一下概况。"

狄公原想厉声喝道"还有更重要的事要办"，但他及时将话咽了回去。毕竟，他还得装装样子，而黜陟使又热情有余。于是他点点头，无可奈何地靠回椅子上。

狄公一面听着黜陟使那单调乏味的叙述，一面琢磨乔泰刚才所说关于倪船主的事。曼苏尔企图让倪某被指控是谋杀乔泰的凶手，看来船主并未卷入这次险恶的阴谋中。或许他和那盲女是一伙的？船主早已知道乔泰要拜访他，而乔泰离开时，那盲女的小包便塞入了他的衣袖。狄公想对陶干低语几句，却发觉他正全神贯注地听着黜陟使的叙述。他叹了口气。他知道，陶干总是对贸易方面的事情特别感兴趣。

黜陟使讲了半个多时辰，当他终于讲完时，仆人走进来点亮了银烛台。接着，梁福站起身来，讨论起黜陟使提供的数据。这时，随从又走了进来，狄公感到很高兴。那随从一脸忧虑，急匆匆地对狄公说："西北城区的里正来了，大人，有重要情况要向都督禀报。"

鲍都督探询地望着狄公。狄公点头表示同意，都督便急忙起身跟着随从出去了。

狄公刚要称赞黜陟使和梁员外讲得不错，都督突然冲了进来，脸色死一般的苍白。

"贱内被谋害了！"他哽咽道，"我得……"

他看到乔泰走了进来，便把话打住了。

乔泰快步走到狄公面前，懊丧地说："曼苏尔不见了，大人，船主也不见了。我不明白这是怎么回事……"

狄公挥了挥手，打断他，立刻命令黜陟使道："派人去拘捕曼苏尔和倪船主。马上去！"随后，他告诉乔泰说，鲍夫人被谋害了。他转向都督道："节哀顺变，鲍大人。我和两个手下这就陪你去你家。这起新的凶案……"

"不是在我家里发生的，大人！"都督叫了起来，"她是在光孝寺南面的一座宅子里被害的！这地方我从未听说过，在第二条街的南拐角上！"

姚员外压着嗓子叫了一声，他张大嘴巴盯着都督，一双牛眼因恐惧而睁得大大的。

"你知道那个地方吗，姚员外？"狄公厉声问道。

"是的，我确实知道。事实上，我……这宅子是我的，我在这宅子里招待生意上的伙伴。"

"我命令你解释，如何……"都督刚准备发话，就被狄公打断了："姚员外也和我们一同去案发地点。到了那儿再让他做进一步的解释。"

狄公轻快地站起身，命黜陟使立即执行刚才通过的那些预防措施，然后带着两名亲随、鲍都督和姚开泰离开了议事厅。前院里，兵卒已经在点灯笼了。站在那儿等轿子过来时，狄公向鲍宽问道：

"她是怎么被害死的？"

"是被人从后面用一条丝巾勒死的，大人。"鲍宽用呆板的声音答道。

狄公对两名亲随使了个眼色，不做评论。当轿子的梯凳放下之后，他对都督说：

"你和我同乘一乘大轿吧，鲍大人，里面宽敞着呢。里正，你和姚员外同乘你的轿子。"

狄公让鲍都督坐在他身边，乔泰和陶干则坐在对面。当轿夫们举起轿辕搁到他们长着厚茧的肩上时，乔泰急切地说道：

"姚员外昨晚对我提到过那个地方，大人！好像他在那儿养着几个漂亮姑娘。他雇了一个女人管着，而且……"

"现在我明白那贱货为什么去那儿了！"都督突然叫起来，"她去同倪船主那个淫棍幽会。他们从前是情人，我真是个老傻瓜，竟然娶了她。我以前就常怀疑他们背着我一直维持着那种肮脏关系！而姚开泰居然纵容这样的事。大人，我要求拘捕姚倪二人，我……"

狄公挥了挥手。

"冷静点，鲍大人！就算尊夫人去那儿和船主幽会，也不能证明就是他谋害了尊夫人。"

"我要向您禀告到底发生了什么事，大人！贱内知道我一下午都要在黜陟使府议事，因此她就去和情夫幽会。不过，尽管她有点轻浮，也很愚蠢，可她本质上还是个正经女人……都怪我，大人，是我冷落了她。黜陟使总让我忙个不停，我没时间……"他的声音渐渐低了下去。他摇摇头，用手蒙住了脸，稍后控制住自己，便轻声地继续说下去，像是在自言自语："这次贱内一定是对倪某说，她想结束这种肮脏的关系，永远结束。这畜生于是勃然大怒，就把她给杀了。事情肯定就是这样的。"

"他似乎躲起来了，这也许表明他确实有罪。"狄公说道，"不过，我们不能草率地下结论，鲍大人。"

十六

▼

　　四名衙役站在一幢两层楼房前，其中两名提着纸灯笼，灯笼上写着四个红字"广州都督"。轿夫们将轿子放下，衙役们立即挺身致意。狄公从轿子上走下来，鲍都督和两名亲随跟在后面。他等里正和姚员外从轿子里出来后，便问里正：

　　"命案发生在哪间屋子里？"

　　"在大厅右边的茶室里，大人，"里正答道，"请让小人带路。"

　　他带他们走进一个相当宽敞的大厅。厅里点着白绸糊成的小灯笼，小灯笼挂在两根雕刻精美的柱子上。一名衙役站在茶室门的左边，门的右边摆着一张桌子和一把大扶手椅。大厅后面是个月洞门，圆形的入口挂着蓝色珠子串成的帘子。见到有人到来，一只白手快速地将帘子放下，珠子发出沙沙的声音。

"你坐在那儿等着！"狄公指着右边的扶手椅对姚员外说道。然后，他问里正："你没动过现场的东西吧？"

"没有，大人。我只进去过一次，把两根点燃的蜡烛放在桌上，查证她是否确已死亡。这里的女管家说她是王小姐。不过，我在她的袖子里发现一个锦缎的名刺篓，名刺上清楚地写着她是都督夫人。一切都原封未动，大人。"

衙役开了门，里面是一间小茶室，屋子正中放着一张花梨木桌子和三把椅子，左手边有一张靠墙的桌子，上面摆着一个花瓶，瓶里的花已经枯萎了。墙刷得雪白，上面挂着几幅精美的花鸟卷轴图。唯一的一扇窗子前趴着一个女人，穿着朴素的褐色女袍，身边是一把翻倒的椅子。显而易见，这第四把椅子原本是放在靠窗的桌子旁的。

狄公从桌上拿过一支蜡烛，向陶干做了个手势，陶干便蹲跪下来，将女死者的身体翻转过来，让她面孔朝上。都督急忙把脸转向一边，乔泰于是走过去，站在他和尸体中间。她的面孔可怕地扭曲着，肿胀的舌头从沾满血污的嘴里伸出来。陶干费了点劲，才将那条紧紧缠在她脖子上的丝巾给解下来。他默默地给狄公看了看拴在丝巾一角的银币。

狄公示意乔泰将死者的脸盖上，然后转身向站在门外的里正问道：

"命案是如何被发现的？"

"她到这儿之后大约一刻时，大人，那个最小的丫鬟以为与这个女人经常会面的男子也已经到了，就走过来准备倒茶。当她看到尸体时，就扯着嗓子尖叫起来，街上路过的行人都听见了。这儿的窗户是开着的，您看，就像现在这样。这幢房子和那幢中间只隔着一条狭窄的小巷。噢，正好有两个男子走过巷子，听到了丫鬟的叫声，立刻跑到我的公事房来告诉我，我就匆匆赶到这儿来，看看到底出了什么事。”

狄公命乔泰和陶干搜查这间屋子，寻找可能的线索，然后再将尸体移送衙门。他对鲍都督道："鲍大人，我现在要和你一起审问这里的管家婆。里正，你把她关在何处？"

"我把管家婆关在厅后的会客室里，大人。住在这儿的四个姑娘，我命她们待在自己的房内，在二楼。我让丫鬟待在厨房里。"

"干得好！来吧，鲍大人！"

当狄公走出茶室时，姚开泰一下子从扶手椅上站了起来，但狄公故意不理他，朝着月洞门走去。都督走过时怒视姚员外一眼，后者忧心忡忡地很快回到座位上。

月洞门后的小会客室里只摆着一张雕花的乌木茶几、两把乌木椅和一个高高的壁橱。一名衣着素净的中年妇女看到狄公一行人进来，连忙深深地道了个万福。狄公在茶几边坐下，示意都督坐在另一张椅子上。里正命那妇人跪下，然后站在她的身后，双臂交叉放在胸前。

狄公从姓名和年龄开始问起，她用北方话吞吞吐吐地回答。不过，由于狄公问得很巧妙，仍然诱问出姚员外是五年前买下这房子的，让她来照管那四个姑娘。其中两个是姚员外买来的妓女，另外两个以前是唱戏的，她们的报酬都很丰厚。姚员外大约七天来这儿两次，有时独自来，有时带着两三个朋友。

"你是怎么认识鲍夫人的？"狄公问她。

"我发誓，我一直不知道她是都督大人的夫人！"女人呜咽道，"否则，我自然不会答应倪船主带她来这儿。他……"

"我说什么来着？"鲍都督大叫起来，"那淫棍……"

"让我来处理，鲍大人。"狄公打断道。他瞅着女管家说："讲下去！"

"噢。我方才说了，船主是几年前找到这儿的。他介绍说她是王小姐，他有时下午要和她聊聊天，问我是否可以行个方便，给他一间屋子使用。船主是个有名望的人，大人，而且他高价支付茶和糕点的费用，所以我……"

"姚员外知不知道这事？"狄公问道。

那女人脸红了，结结巴巴地说：

"因为船主总是下午才来，大人……而且只是来喝杯茶，我……我就觉得没必要告知姚员外，而且……"

"而且你把船主付的钱私吞了。"狄公冷冷地替她说完，"你让倪船主和那女人同床共枕，也就是说，你没有合法执照却开了个妓院。为此你要受到鞭笞的惩罚。"

那女人在地上磕头如捣蒜，哭叫起来：

"我发誓，船主连她的手都没碰过，大人！因为那屋里连床榻、凳子之类的都没有！请大人问问丫鬟们，大人！她们一直都在进进出出，端茶递糖的，她们会告诉您，两个人只是坐在那儿聊天而已。有时他们也下下棋，不过如此！"她大哭起来。

"别哭了，起来吧！里正，去问问丫鬟们，验证一下她说的话！"狄公又问那女人，"船主和鲍夫人来这儿时是否总是事先通知你？"

"不，大人，他从不通知。"她用袖口擦擦脸，"为什么要事先通知呢？他知道姚员外下午从不来的。船主和她总是分别过来，有时船主先到，有时她先来。今天是她先来的。丫鬟让她进了他俩一直用的那间屋子，心想船主马上就会到的。可这次他没来。"

"他当然来了！"都督愤怒地叫起来，"只不过你没看见他，你这蠢妇！他是从窗户进来的，而且……"

狄公挥了挥手，他对那女人说道：

"如此说来，你没看见船主。是否有其他客人来过，在鲍夫人来之前或之后？"

"没有，大人。要那么说，倒有一位……自然是那个可怜的姑娘。她在鲍夫人来之前到的。因为她是个瞎子，我就……"

"你是说一个瞎眼姑娘？"狄公厉声问道。

"是的，大人。她身穿一件朴素的褐色衣裙，相当旧了，可她说话彬彬有礼的。她说她是为上次晚上失约来向姚员外道歉的。我问她是不是那个常常卖给姚员外蟋蟀的姑娘，她说是的。"

女管家突然住口，回头惊恐地瞅了瞅月洞门。

"来，把你知道的所有关于这个姑娘的事都告诉我！"狄公命令道。

"噢，后来我记起姚员外确实等过她，大人。姚员外告诉我，以前她有好蟋蟀要卖总是到他的住所去，但从今往后她会到这儿来。姚员外也命我在楼上准备一间屋子。尽管她眼睛瞎了，可她相当漂亮，大人，而且很有教养。再说，因为姚员外喜欢换换口味……"她耸耸肩，"不过，她那晚没来，姚员外是和这儿的一个姑娘过夜的。"

"我明白了。当你告诉那瞎眼姑娘姚员外不在家时，她是否立即离开了？"

"没有，大人。我们站在门口聊了一会儿。她说，除了来见姚员外，她还想在这附近寻找她的一个女伴。这位女伴最近开了一间私人铺子，她认为就在这附近，在华塔后面。我告诉她肯定弄错了，因为我知道这附近没有这样的铺子。'去我们屋后的青楼看看吧，美人。'我说。因为姑娘们跨进这一行后，总爱对朋友说她们正在同别人合开一间铺子。要知道，那听上去好多了。后来，我直接把她送到我们的后门，告诉她怎样去那个青楼。"

突然，珠帘被掀开了，里正走了进来，他后面跟着的两个衙役押着一个人。鲍都督一见此人便怒道："姓倪的……"他刚想站起来，狄公扯住了他的胳膊。"在哪儿抓到船主的，里正？"他问道。

"他是乘轿子来的，大人，还有他的两个朋友。进来时泰然自若，而外面还贴着一张缉拿他的布告呢！"

"你为何来此，倪船主？"狄公心平气和地问道。

"我和一个熟人约好的，大人！我本应该早点到的，可路上我顺便去看了一个朋友，在他那儿碰到了以前认识的一位船主。我们喝了几盅，叙叙旧，不知不觉天晚了。因此我乘轿子来这儿，我的两位朋友也陪我来了，想清醒一下头脑。到了这儿，我看见有衙役站在门口。这儿发生什么事了吗，大人？"

狄公没有马上回答，他对里正说道："去向那两位证实一下他刚才说的话！"然后，他问倪船主，"你来这儿要见的熟人是谁？"

"这个嘛，大人，我还是不说的好。要知道，那其实是姚开泰的一个姑娘。我过去和她很熟，在姚员外认识她之前就⋯⋯"

"没必要再说谎了，倪船主。"狄公打断了他，"她被人杀了，就在你和她幽会的那间茶室。"

倪船主的脸色变得煞白。他想问些什么，但看了看都督，又咽了回去，接下来是长时间的尴尬和沉默。都督两眼怒不可遏地盯着倪船主，他刚想开口，里正进来对狄公说道：

"那两位证实了倪船主的话，大人。丫鬟们说的也同这女人说的完全一样，他们会面时非常规矩。"

"好了，里正。将船主带到乔都尉那儿去，他可以向都尉解释一切。两名衙役，你们可以到外面继续守卫了！"

他们出去之后，鲍都督一拳砸在桌子上，语无伦次地发着牢骚。狄公只得缓缓地说道：

"尊夫人是被误杀的，鲍大人。"

"误杀？"鲍宽疑惑不解地问道。

"没错。就在她到这儿之前，那盲女来了。有一个或几个想杀那盲女的人跟踪了她，他们一见她进了这房子，就开始寻找一条能悄悄进来的路。与此同时，那盲女被人从后门送出去，而尊夫人却由丫头引进房内。由于尊夫人穿的衣服和那盲女差不多，所以当刺客从外面透过窗子向茶室里张望时，将背对着他们坐在那儿的尊夫人误认为是那个盲女，于是进来从后面将她勒死了。"

都督一直半信半疑地听着。这时，他慢慢地点了点头。

"贱内以前见过那卖蟋蟀的！"他突然大声说，"那盲女定是凶手的同伙！她到这儿来分散女管家的注意力，好让那些恶棍乘机动手！"

"我会考虑你分析的这种可能性，"狄公说道，"你最好回去吧，鲍大人。现在你该明白了，尊夫人从来没欺骗过你。虽然她同她年轻时的朋友倪某保持来往，那是不明智的；不过，这并未辱没你家的门风。待会见吧！"

"她死了，走了，"都督呆呆地说道，"她还这么年轻，她……"他的声音噎住了，遂急忙站起身，走了出去。

狄公望着鲍都督蹒跚偻行的背影，决定永远不让他知道他夫人和大食人短暂的偷情经历。但他觉得有点不可思议，一个出身良家的汉人女子怎么会爱上大食人呢？狄公克制住自己的遐想，转身向仍站在那儿的女管家厉声问道：

"快说！还有什么外面的女人到这儿来过？包括大食女人！"

"没有，大人，我发誓！姚员外倒是有时要换换口味，不过……"

"好吧，我会向他核实的。那么，他带到这儿来的男人之中，有没有一个高大英俊的北方人？"他又描述了一下刘大人的外貌。但她摇摇头，说姚员外所有的朋友都是广州人。

狄公站起身。姚员外见他穿过月洞门过来，再次从扶手椅上一下子站了起来。

"在外面的轿子里等我。"狄公简短地说道，然后继续向茶室走去。

倪船主正在茶室里和乔泰、陶干谈话。尸体已被运走了。陶干一见狄公便急切地说：

"凶手是从屋顶进来的，大人！这扇窗子边上有棵大树，枝干的高度和二楼的屋檐相齐。我发现有几根枝干是刚被折断的。"

"这就对了！"狄公说道。然后他对倪船主说："鲍夫人是被强盗杀死的。你和鲍夫人的关系导致她落了个悲惨的结局，此乃迟早之事。同一个有夫之妇保持友谊是无甚益处的，倪船主。"

"这不一样，大人，"倪船主平静地说道，"她丈夫冷落了她，而他们又没有孩子，她没什么人可以好好地聊天。"

"除了她那个瞎眼的女友之外。"狄公淡淡地说。

倪船主茫然地看了他一眼，然后摇摇头。

"不，她从没提到过什么瞎眼姑娘，大人。不过，有一点您是对的，我应对此负全部的责任。几年前，我愚蠢地同她吵了一架之后就离开了她。我出海了，原指望几个月后便能回来的，可我们碰上了坏天气，船失事了，我漂泊到了南海的一个岛上，用了一年多的时间才回到这里。那时她已经放弃了我，嫁给了鲍宽。后来她姐姐死了，再加上她那并不幸福的婚姻，使得她轻易地成了曼苏尔的猎物。她想要我出主意，我就想到姚员外这个私宅是最安全的会面地点。曼苏尔敲诈她，而且……"

"像曼苏尔这么有钱的人何必要干敲诈的事呢？"狄公打断道。

"因为当时他急需现钱，大人。哈里发没收了他所有的财产。当曼苏尔发现是我在替她付钱时，他就要求更多的钱财。因为他知道我有波斯血统，而他憎恨所有的波斯人。"

"说到波斯人，谁是你那两个女奴的父亲？"

倪船主飞快地打量了狄公一眼，然后耸耸肩：

"这个我不知道，大人。我原本是可以知道的，但那既不能让她们的母亲复活，也不能给这对孪生姐妹一个真正的父亲。"他盯着窗前的地板怔怔地望了片刻，忧虑地接着说，"她是个奇怪的女人，高度紧张，又十分敏感。我觉得，我们之间的交谈对她非常重要，她……"他突然停住了，拼命想控制住抽搐的嘴唇。

狄公转向他的两名亲随。

"我现在要回黜陟使府去，"他对两人说道，"我要在那儿和姚员外谈谈，然后用晚膳。你们俩晚饭后就直接来黜陟使府，还有许多事要商量。"

乔泰和陶干目送狄公上轿，然后转身进了屋子。

"早上我就吃了两个油饼，"乔泰粗声地对倪船主说，"中午不仅没吃上午饭，脑袋还重重地挨了一记。现在我急需一顿丰盛的饭菜和一大坛好酒。我请你和我们一同去，船主，条件是你得带我们去最近的饭店，走最近的路！"

船主感激地点了点头。

十七

▼

　　去黜陟使府的路上，狄公陷入了沉思。他的沉默似乎令姚员外更加心烦意乱，他不时局促不安地瞥狄公一眼，却没有足够的勇气跟他说话。

　　到了黜陟使府，狄公把他直接带到大厅；这个大厅已暂时成了狄公的私人书房。一进大厅，姚开泰就被它的雄伟所吸引。狄公在他的大书案后面落座，又示意姚开泰坐在对面的椅子上。总管上过茶离开后，狄公一边慢慢地喝茶，一边用阴沉的目光紧盯着姚开泰。突然，他放下手中的茶杯问道：

　　"你是如何认识那个卖蟋蟀的盲女的？"

　　姚员外惊恐地望了他一眼。

　　"噢……平常情况下……认识的，大人！在市场上遇到她的。您知道，斗蟋蟀是我的一大嗜好，我发现她对此道非常精通。每当她有了良种蟋蟀，她就来我家找我。但最近，我觉得让她去我的……呃……私宅更……呃……方便一些。"

"我明白了。她住何处？"

"我从来没问过她，大人！也没这个必要。我刚说过，她会来的，当……"

"我知道。她叫什么名字？"

"她名叫蓝丽，她是这么说的，大人。我不知道她姓什么。"

"你的意思是说，"狄公冷冷地问道，"除了名字之外，你就对你的那些情人一无所知了？"

"她不是我的情人，大人！"姚员外不满地叫了起来。他思索片刻，用带有歉意的口气继续道："我承认，有一两次我曾产生过这样的念头，因为她是个很有教养的姑娘，大人。她长得也不错，可惜是个盲人，我……呃……"

狄公淡淡地说："碰巧她与最近发生的一起犯罪案件有关。"狄公抬起手，制止了姚开泰激动地提问，"我正派人追捕她，因为她也涉嫌鲍夫人的命案。一旦将她拘捕归案，我会验证你的证词的，姚员外。现在我要你写下你私宅里那些姑娘的姓名和详细情况。我想，这回你不会只知道她们的名字了吧？"

"那当然，大人！"姚开泰唯唯诺诺地答道，然后去挑了一支毛笔。

"很好。我一会儿就回来。"

狄公站起身走了出去。在前厅，他对总管命令道：

"姚员外一离开黜陟使府，就叫我的四个手下跟踪他。如果他去华塔附近的私宅，要他们务必立即回来向我禀报。如果他与那盲女会面，就拘捕他们二人，并带到这儿来。无论他去哪儿，都得监视。一有什么消息，要他们马上回来向我报告。"

他回到大厅，匆匆看了一下姚开泰写的东西，便把他打发走了。这个大腹便便的商人离开时显得如释重负。

狄公叹了口气。他叫来总管，命他去准备晚膳。

乔泰和陶干走进大厅时，狄公正站在微风习习的窗前。两名亲随向他行过礼之后，狄公在书案后面坐下，以冷静客观的语气说道：

"我已对鲍都督解释过，他夫人是被误杀的，谋害对象本该是那个盲女。"陶干惊叫起来，狄公未予理睬，话题一转，迅即告诉他们关于姚员外"风流私宅"里的事。"那个盲女，"他继续说道，"显然正在独自调查此案。我曾说过，刘大人死时她一定在现场，但她不知道案发的确切地点。她怀疑可能是在华塔寺附近的妓院，才向姚开泰的管家婆问了一些话。那些人发现她在追踪他们，便决定让她永远沉默。他们雇用的杀手一定是蜑民，因为用的又是丝巾，上面系有银币。至于姚开泰，他所说的与那盲女之间的关系是真是假，很快就可以弄清楚。晚饭前他离开这儿时，我已派人跟踪他了。他虽非等闲之辈，很精明，但我相信他吓得够呛，如果凶杀案和他有关的话，他肯定会立即设法与他的同谋取得联系。如今，他已知道我们要寻找盲女，就可能会再次试图谋杀她。我明白她在设法帮助我们，可目前案情重大，我们不能因为关心她而干扰案情勘察，况且我等对她一无所知。"

狄公稍加停顿，若有所思地捋捋胡子："关于他们试图杀你一事，乔泰，我弄不懂曼苏尔怎么会知道你要回倪船主的家中去。我是临时决定叫你去的，即便你离开时那两个大食人跟在后面，但他们怎会有时间向曼苏尔报告，接受他的指令，然后再回到倪船主的家中呢？他们的动机又是什么？我们知道，曼苏尔对倪船主怀恨在心，但这次谋杀的对象显然就是你，而谋杀似乎是解决私人恩怨的极端手段。我恐怕事情远远不止表面这些。"他用锐利的目光看了乔泰一眼，"我得说，这对孪生姊妹是很有胆量的姑娘。你的命是她们给的，乔泰。你最好去看看，表示感谢，再送她们一件合适的礼物。"

乔泰显得很尴尬。他咕哝了几句关于倪船主的情况后，匆忙说：

"如果今晚没有别的事，大人，我和陶干就四处去找找曼苏尔。我头上有鸡蛋大的一个包，我非要亲手抓住那个卑鄙的杂种不可！不错，衙役们也在找他，但我有我个人的理由要抓曼苏尔。同时，我们也要设法找到那个盲女——陶兄对那女子的长相一清二楚。"

"好吧。但不管有没有收获，你们两个人睡觉前都要回来。我还在指望政事堂的密函今晚到达——也许需要我们立即采取行动。"

两名亲随躬身施礼而去。

两个人站在街上等轿子时，乔泰道：

"我们找曼苏尔只能靠运气了。再去大食人的聚居区找是没用的，何况那儿的人现在已经认识我了，而我们又不会说那该死的阿拉伯语。总之，我想他不会藏在那里的。我们或许可以到停泊在港口的那些大食船只上去找他。至于到哪儿找那女子，你有什么高见吗？"

"噢，她不仅要躲开衙役，还要躲避杀她的那些自己人。我想她可能藏身在某处废弃的房子里。她对我说过，她对市场一带很熟悉，我们可以从那儿开始找。还可以进一步缩小范围，找出蟋蟀常出没的地方，因为那些地方是她再熟悉不过的了。"

"很好，"乔泰说，"那我们先去市场。"他叫住一乘轿子，但里面已经有人了。他摸弄着自己的小胡子，继续说道："你同这女子谈过一次话，陶兄。虽然你不懂女人，可她是何种女子，你至少也可以对我说说大概的印象吧。"

"那种惹麻烦的女子，"陶干气恼地回答说，"给每个人，包括她自己惹麻烦。她属于那种傻乎乎的女子，傻到不能让她自己跑出来。她相信人人都是友好的，人人都与人为善。真是无可救药！感谢老天爷没让我成为那种天真的人！看看她现在干了些什么？同谋杀刘大人的凶手交往密切，天知道这会给她自己带来什么样的麻烦！可能她相信他们毒死刘大人是出于好心，是治好他病痛的唯一良方。还有，她送来一只唧唧叫的小蟋蟀，却不亲自来告诉我到底是怎么回事。如果我们找得到她的话，"他恨恨地说道，"我要马上把她关进监狱，就是为了不让她再自找麻烦。"

"说得够多了，陶兄！"乔泰淡淡地说道，"哈，来了一乘轿子！"

十八

▼

    乔泰和陶干在市场西边入口处的牌楼门前下了轿。市场里，拥挤的人群还未散去，在油灯和彩色小灯的照耀下，所有的过道都亮如白昼。

    乔泰朝人群的前方望了望，看到一个挂着一些小笼子的柱子。他停下脚步，说道："前面有个卖蟋蟀的，我们去问问他附近有什么好地方可以捉到蟋蟀。"

    "你难道指望他告诉我们这一行的诀窍？他会说，只有在下弦月的第三天，在河边三十里外的山上才能捉到蟋蟀！我们最好穿过市场，从南门出去，看看那个正在拆除老房子的僻静之处。我是在那儿遇到她的。"

    当他们经过蟋蟀摊时，听到一阵高亢的咒骂声，紧接着又是一阵痛苦的尖叫声。他们挤开看热闹的人群，看到一个卖蟋蟀的正使劲拧一个约十五岁男孩的耳朵，并且重重地打了孩子几个巴掌，然后喊道："现在你去拿你忘了的那些笼子，你这懒鬼！"他狠狠一脚踢在这男孩身上。

"跟上他！"陶干悄声道。

在下一条过道，陶干追上了这个男孩。后者用双手捂住耳朵，跌跌撞撞地向前走。陶干抓住他的肩膀说：

"你的东家是个头号杂种。前些天他骗去我一锭银子。"男孩擦了擦满是眼泪的脸，陶干接着说道，"我和朋友今晚想抓几只好蟋蟀。你说去什么地方好呢，小行家？"

"逮好蟋蟀，外行人是干不了的，"男孩一本正经地说，"您得知道，蟋蟀常换地方。几天前，你在关帝庙附近还很有可能逮到，不少人现在还去那儿逮，可这根本不行！我们内行人都知道。现在你们得到科场去逮！"

"多谢了！明天早上在你东家的靴子里放一条蜈蚣，那才有好戏看。"

陶干领着乔泰朝市场的东门走，他愧疚地说：

"我本应该想到的！科场朝东走两条街就到了，它占了整整一个街区。那里有几百间小号子，岭南参加秋试的学子都聚集在那里。而每年这个时候科场就空下来，可真是蟋蟀绝好的藏身之地。看来，可以抓几只好蟋蟀来卖！"

"科场没人看守吗？"

"应该有个看守的，可他不太管，反正游民或乞丐都不敢在那里过夜。难道你不知道科场总是闹鬼吗？"

"天哪，对呀！"乔泰喊道。他记起来了，每年秋闱，都会有许多穷书生自寻短见。他们日夜苦读经书，为赶考不得不变卖家当或借高利贷，倘若金榜得中，旋即可得一官半职，各种麻烦也就烟消云散，前程似锦；然而，失败的话，那就意味着必须继续苦读，而这不仅让他们一贫如洗，有时甚至是斯文扫地。这正是所谓的"十年寒窗无人问，一举成名天下知"。因此，有些书生被锁进号子里应试却发现考题太难时，就会绝望地当场自尽。乔泰不自觉地放慢了脚步。他在一个货摊前停了下来，买了一只小灯笼。"里面定是漆黑一片！"他对陶干嘟囔道。

两人由东门出了市场，走了一小段路就到了科场。

黑暗、冷清的街道一边是一堵没有窗子的高墙，拐角处高高的朱红大门是进入高墙内的唯一入口。正面的大门关着，但有扇边门却半开半掩着。乔泰与陶干走近时，看见看门人小屋的窗户里透出一丝亮光。

他们悄悄走过小屋，匆匆踏上通往科场中央的南北通道。

朦胧的月光下，通道笔直，一望即尽，而通道两边是一排完全相同的号子。每间号子里只有一张小桌和一把椅子，考试那天早上，考生带着食盒进入各自的号子。考生在被仔细搜查有无夹带小册子或其他物品之后，试卷一发，门就被封上了，一直要等到黄昏时分，做完的试卷收齐后，门才被打开。每至秋闱，这地方热闹得像个马蜂窝，而现在却静如坟冢。

"我们得查多少间这样的鬼号子？"乔泰气恼地问道。他不喜欢这种阴森森的气氛。

"几百间吧！"陶干兴奋地回答说，"不过，我们得先察看一下，弄清科场的布局。"

他们沿着空空的过道边走边察看号子门上标着的号码，很快便发现这一排排的号子围成了一个四方形，中间是一个院子。院里有一座很气派的二层楼房，想必是那闻名的明远楼——官员于此登高监试，其后堂便是考官们集中阅卷的地方。

陶干停住了脚步。他指着楼房说道：

"那地方于窄小的号子而言是更好的藏身之处！里面应该有许多桌子、长榻、椅子之类的东西！"

乔泰没有应声。他一直仰头盯着二楼东角突出的露台。此刻，他低声说：

"嘘！我看见楼上有什么在动！"

两人往露台凝神看了片刻。那儿只有一扇精细的小格子窗，在星空的映衬下，屋顶的飞檐显得很清晰。不过，没什么动静。

他们赶紧穿过院子，走上大理石台阶，然后贴门站着。这样，由于有屋檐遮挡，从上面是看不见他们的。陶干发现门并未上锁，于是小心地推开门，两人便走进了漆黑的大厅。

"我来点灯笼，"乔泰小声说道，"有亮光无妨，我们要对付的是她敏锐的听觉。"

借着灯笼的亮光，他们看清这是个宽敞的八边形大厅。靠后墙有一个高高的、宝座般的讲台，主考官就在那儿宣布考试结果。讲台上方悬挂着一块巨大的朱漆匾额，上面刻着"鲤跃龙门"，那意思无非是，一个学子若具有鲤鱼年年逆流而上的那种勇气和坚韧不拔的精神，就肯定会成功的。大厅两侧各有一道楼梯。两人顺着右边的楼梯上去，他俩以为从这儿能到达二楼的东角。

然而，楼上圆形的大厅与底楼大厅结构一致，他们看到这里至少有八个狭窄的入口。陶干确定了一下自己的方位，然后拉着乔泰走进了右边的第二个入口。但走到头，他们只发现了两间空空的、满是灰尘的公事房。于是他们又悄悄地跑出来，进入下一个过道。走到尽头，陶干慢慢地推开门，发现自己置身于一个露台上，三面都是敞开的，右面就是他们从下面看到的那个有格子窗的露台。在隔开大约十五尺的地方，他隐约看见一个坐着的女子，俯身于一张桌子旁，似乎在看书。

"就是她！"陶干凑到乔泰的耳边小声说道，"我认得出她的身影！"

乔泰咕哝了一句。他用手指了指楼下的一长排号子。

"有一个又小又黑的东西沿着号子向左边爬过去了，"他压低嗓音说，"又有一个。他们没有腿，只有细长的手臂！"他抓紧陶干的胳膊，又说道，"他们突然消失在黑暗中了。我告诉你，他们不是人！"

"一定是月光捣的鬼。"陶干回答说，"我们先去找那女子吧，她绝对是个人！"

他转过身去，同时听见很响的哗啦一声——他的袍带勾到一盆带刺的玫瑰花枝上，这盆花是放在露台角落一个细长的基座上的。

两人又跑进圆厅，驻足片刻。没听见什么声响，也没看见什么动静，他们又冲进下一个过道，尽头却是一间小书房。他们狠狠地骂了一句，又跑回去，进入第三个过道。他们终于从这个过道进入了那个带格子窗的露台，可是那女子已经不在了。

乔泰跑回大厅，下了楼梯，希望能追上那个逃走的女子。陶干则迅速地检查了这个小房间。里面有一张窄窄的竹睡椅，椅垫叠得整整齐齐的。桌子上放着一个银丝小笼子，陶干一拿起它，里面的蟋蟀就唧唧唧地叫了起来。他放下笼子，捡起两张折叠的纸片，拿到窗边一看，原来是两幅地图：一幅绘的是珠江口，另一幅绘的是清真寺周围的大食人的聚居区，而乔泰住的五仙客栈被打上了一个红点。

他把地图和笼子放进袖子里，然后走回大厅。乔泰正气喘吁吁地爬上楼来。

"她把我们给耍了，老兄！"他愤愤地说，"后门半开着。一个瞎子怎么逃得这么快？"

陶干把地图递给他看。

"一个瞎子怎么可能研究地图呢？"他气恼地说道，"我说，不管怎么样，我们快去下面的院子里看一下。"

"好吧。我们是抓不到那女子的，但我想再看一下刚才爬着的那些黑乎乎的怪东西，以便确信我的眼睛没毛病！"

两人下楼走到院子里。他们沿着东面的那排号子走着，随意地打开了一扇门，可除了必备的桌椅外，小黑屋里什么也没有。突然，他们听见了一声沉闷的叫声。

"在下一排！"乔泰悄言道。

两人顺着过道拼命跑去。乔泰比陶干先到拐角处，他转过弯后，又往前跑了没多远，便见一间号子的门开着。他听见椅子被扔到地板上的声音，紧接着是女人的尖叫声。当乔泰走到门口时，尖叫声突然止住了。他正要将门推开，却感到一条柔软的丝带紧紧地缠住了他的脖子。

作为一名武将，直觉告诉他要用下巴顶住胸部，并绷紧他发达的颈脖肌肉。同时，他双手着地，随即来了手卧龙腾空。此时，袭击者还紧贴在他的背上，可这一招是对从后面卡人脖子的家伙的致命还击。当他全身压在那人身上时，他感到喉咙一阵灼热的疼痛。可与此同时，他也听见了一声可怕的骨头断裂声，缠在他脖子上的丝带松了。

他立即站起来，扯掉了脖子上的丝巾。这时，又有一个小矮胖子从对面的号子里冲出来，乔泰想抓他，却没抓住。他紧跟其后，右臂却突然被什么东西扯住了，一看，原来是蜡线编成的套索。当他使劲想挣脱套索时，那小矮胖子的黑影在过道的尽头消失了。

"对不起！"陶干在他身后气喘吁吁地说，"我原把套索瞄准那人的脑袋的！"

"你的手法生疏了，陶兄！"乔泰厉声说道，"让他溜了！"他恨恨地盯着那丝巾，又摸了摸系在角上的银币，然后把丝巾塞进他的袖子里。

这时，一个苗条的身影从号子里出来了。乔泰感到有两条柔软的光手臂搂住了他的脖子，一个长着卷发的小脑袋靠在他的胸膛上。接着，从他身后的号子里又出来一个女子，提着被扯烂的裤子。

"天哪！"乔泰叫了起来，"这对难缠的孪生姊妹！"

杜尼娅德放开乔泰。陶干举起了灯笼，灯光照在那对孪生姊妹苍白的脸上和半裸的身子上——她们浑身皆是难看的青肿和流血的伤痕。

"这些恶棍想强奸我们！"杜尼娅德泣不成声地说。

"而且还是分开干的！"乔泰咧嘴笑道，"这不至于是你们俩共有的经历吧！快说，你们两个是怎么到这里来的？"

达纳妮尔擦了擦脸。

"都是她的错！"她嚷起来，"是她激我来的！"她恶狠狠地看了一眼正在哭泣的姐姐，继续说道，"船主没回来吃晚饭，于是我们决定到市场去吃碗面条。后来，她说这院子里有鬼，我说没有，她说肯定有，还说我不敢进去。于是我们就来到这里，偷偷溜过看门人的小屋，匆忙瞅了瞅第一条过道。正当我们准备跑出这个令人毛骨悚然的地方时，那两个可恶的矮子不知从什么地方冒出来追我们。我们像兔子一样跑进这间号子，但他们用力把门弄开，一个把我姐姐拖到对面的号子里，另一个把我摁倒在桌上，并动手扯我的裤子。"她将扯破的衣服往上拉了拉，不无得意地补充道，"趁他要吻我的脸时，我把大拇指戳进了他的左眼里。"

"他们嗷嗷大叫，并不停地咕噜一些谁也听不懂的话！"杜尼娅德哭道，"他们绝不可能是人！"

"这个脊梁骨断了的家伙可是个活生生的人。"陶干说。他已经检查了躺在过道上的那具尸体。乔泰认出了那张干瘪的脸：高高的颧骨、扁平的鼻子和满是皱纹的低前额。

"水户中的一个，"他对陶干说道，"他们又在追那个盲女了。本来倒可以在露台上解决她，可他们小小的好色之举把一切都弄砸了。好了，我们把这两位女中豪杰送回家去吧。"

两个姑娘走进号子。当她们出来时，身上穿着花上衣和裤子，看上去又相当体面了。她们温顺地跟着乔泰和陶干走到看门人的小屋前。

在门上一阵猛敲之后，看门人从门内探出脑袋，一脸睡意。乔泰说明了他们的身份，然后命他待他们走后锁上大门，等衙门的公人来收尸。"我不是指你！"他刻薄地补充道。

他们沿街朝南走，不多久就到了倪船主的家。

船主亲自开了门，一见这对孪生姊妹，便如释重负地说道：

"谢天谢地，你们俩又干什么去了？"

这对孪生姊妹一下子投入他的怀中，激动地说个不停。乔泰猜想，她们说的是波斯话。

"让她们去睡觉吧，船主！"他打断了她们的话，"她们差点失了处女之身。你最好自己费点心，永远别让这种危险再发生了！"

"这似乎是个好主意！"倪船主说道，同时朝两位姑娘温存地笑了笑。

"祝你好运！看在老天的分上，别让她们再胡来了，船主！我的老友、把兄弟，就是娶了一对孪生姊妹。他结婚前是个出色的拳师，也是个了不起的色鬼和酒鬼，可现在他变成什么样子了，陶干？"

陶干噘起嘴唇，难过地摇了摇头。

"他怎么了？"船主好奇地问道。

"他未老先衰了！"乔泰不悦地回答说，"告辞！"

十九

▼

　　乔泰和陶干走进大厅。在两支巨大银烛的亮光下，狄公正在伏案书写。狄公放下毛笔，盯着他们俩皱巴巴的衣服，惊奇地问道：

　　"你们俩干什么去了？"

　　乔泰和陶干坐了下来，把在科场里发生的事一五一十地做了禀报。狄公听完之后，一拳砸在桌子上。

　　"蜑民刺客、大食痞子，所有这些恶毒的奸宄之徒似乎在这城里逍遥自在！衙门里的人都在吃白饭吗？"他控制了一下情绪，又冷静地说，"把那些地图拿给我看，陶干。"

　　陶干从袖子里拿出蟋蟀笼子，小心翼翼地把它放在桌角。然后，他掏出地图，将它们铺开。这时蟋蟀开始发出刺耳的唧唧声。

狄公瞪了笼子一眼，便开始研究地图，同时慢慢地捋着他的络腮胡。他抬起头，说道：

"这些地图都老了。这张大食人聚居区的地图是三十年前的，当时大食的船只定期到达这里。可据我看，这地图已经相当精确，而且那个标明乔泰所住客栈的红点也是最近才加上去的。那姑娘同我们一样，不是瞎子，伙计们！你不能让那吵人的蟋蟀闭嘴吗，陶干？"

陶干把小笼子又放回袖子里去，然后问道：

"跟踪姚开泰的人还没回来吗，大人？"

"没有，"狄公草草回答说，"京城来的公函也还没到。现在都已将近子夜了！"

他愁闷地陷入了沉默。陶干起身，给每人倒了新茶。一杯茶过后，总管带了一个瘦子进来。此人身穿蓝布衫，头戴弁帽，留着灰白的八字胡，但宽宽的肩膀倒有点武将的风度。总管退下后，他用生硬的声音报告说：

"姚员外径直回家，独自在花园的亭中用了晚膳，然后就回到内屋去了。我们审问了丫鬟，她们说他唤来了他的四个老婆，骂她们是没用的懒骨头。他拿大老婆是问，叫丫鬟剥下她的裤子并按住她，亲自用藤杖打了她一顿。接着，他叫来他的六名小妾，告诉她们月钱减半，随后便去了书房，喝了个酩酊大醉。管家说姚员外已经睡熟了，我这才来这里向大人禀报。"

"有曼苏尔的消息吗？"狄公问道。

"还没有，大人。他一定是在城外躲起来了。我们把大食人聚居区篦了一遍，衙役们也搜查了所有的下等客栈。"

"好吧，你可以走了。"

这名探子离开后，乔泰脱口说道：

"姚某人真是个卑鄙的杂种！"

"的确是个不讨人喜欢的家伙，"狄公赞同道，"显然，这人很精明，估计到我会派人盯梢。"他捋捋胡须，然后突然问乔泰，"倪船主那两个女奴好吗？"

"噢，是的，她们俩有惊无险。"他咧嘴笑着说道，"可现在，她们已不再是奴婢了，也不再是姑娘了，如果我估计得没错的话。我确定，大人，船主已从他旧情人被杀的震惊中恢复过来，意识到他们之间那种纯洁、超然的关系随着时光的流逝已经变淡了，甚至对他这种爱好神秘的人亦是如此！既然他可以说又恢复自由了，那他可能会重新考虑一下对两个受庇护者采取的那种父亲般的态度；况且那两个漂亮的小骚货对他改变态度是再欢喜不过了！"

听到狄公询问孪生姊妹的情况，陶干好奇地瞅了瞅他，然后问道：

"那对孪生姊妹同刘大人的案子有关吗，大人？"

"没有直接关系。"狄公回答说。

"那两位姑娘怎么会间接地……"乔泰诧异地开口问道。可狄公抬起手指了下门口，总管这时领进来两名一身戎装的武将——他们戴着尖头盔，穿着有铜边的甲胄，这表明他们是衙门马队的都尉。他们僵硬地向狄公行礼后，年长一点的那个武将从靴子里拿出一个封得十分严密的信封。他把信封放在桌上，恭恭敬敬地说：

"这封公函是奉政事堂的命令由马队护送过来的。"

狄公在收条上签字盖章，向两位都尉道声辛苦，便命总管去安排马队一行人的食宿。

他撕开信封，慢慢地读起这封长信。他的两名亲随焦急地盯着他那张忧郁的脸。最后，他抬起头，缓缓地说道：

"坏消息，非常坏。圣上的病加重了。御医们担心龙驭宾天即在眼前。皇后正在纠合外戚以实现摄政，这样将来皇太后便能独揽朝政了。政事堂坚持认为，现在必须正式宣布刘大人失踪，而且必须立即指派官员接替他的职位，否则忠心于大唐的臣子们就无人可联合了。眼见任何耽搁都会导致灾难，故而政事堂命我放弃寻找失踪的刘大人，并尽早赶回京城。"

狄公将信扔在桌上，一下子从椅子上站起来，开始踱步，并愤怒地抖着他的袍袖。

乔泰和陶干愁闷地互相看看，不知道该说些什么才好。

突然，狄公在他们面前停下来。

"我们唯有一事可做，"他坚定地说，"孤注一掷。时间太紧，不得已而为之。"他坐回椅子上，双肘撑在书案上，探身继续道，"去找一个佛像雕刻匠，陶干，从他那儿买一个木雕的男人头。今晚得把它高高钉在衙门的大门上，这样从下面就看不出是假的。在下面要贴一张官方布告。我现在就来草拟布告。"

他没理会两名亲随惊讶地发问，蘸了蘸毛笔，很快拟就了布告的内容。然后，他靠回椅子上，大声念道：

"政事堂宰相领大理卿狄仁杰，奉旨巡视广州，于城中发现一尸身，经验查乃京城大臣某，该大臣辜负圣恩，附逆作乱未果，自长安逃至此地而亡。先是，朝廷悬赏缉拿此逆犯，取其头颅者重赏。而今官府仵作检视，该犯系服鸩而死。依大唐律令，逆犯尸身肢解，头颅示众三日。凡鸩此叛逆者，毋论贵贱，俱须往黜陟使府拜见大理卿，且领赏五百金锭。若此人系戴罪者，除死罪而外，其余罪行皆得赦免。"

狄公把草稿扔在桌子上，接着说道：

"主犯当然不会中计，我指望的是他的汉人帮凶，比方说，那两个假扮衙役的男子——是他们将刘大人的尸体带到华塔寺的。如果今晚把头颅挂出来，又在全城贴满布告，明天一早很可能会有人看见布告后匆匆赶来，而主犯根本来不及警告他这是个陷阱。"

乔泰听得半信半疑，但陶干却急切地点头说：

"这是迅速取得结果的唯一办法！主犯至少有十几个同伙，他们五百年也挣不到五百锭金呀！他们会蜂拥而来，只为获得这笔赏金！"

"希望如此，"狄公疲惫地说道，"总之，这是我能想出的最好办法了。开始做事吧！"

二十

▼

　　乔泰一大早便被穆斯林阿訇的声音给吵醒了，后者正站在宣礼的光塔顶上召集信徒们进行早祷。乔泰揉了揉眼睛。他没睡好，背也在痛，他用手指小心地摸了摸肿胀的喉咙，自言自语道："熬一次夜，再加一点小搏斗，对一个四十五岁的壮汉算不了什么！"他光着身子起来，将格子窗推开。

　　他拿起放在篮子里的茶壶，对着壶嘴灌了一大口，漱漱口后，将温茶吐进瓷痰盂里。他咕哝了一声，又躺回木板床上，想要再睡上片刻，然后收拾一下去黜陟使府。

　　睡得正迷迷糊糊时，一阵敲门声惊醒了他。

　　"走开！"他恼怒地嚷道。

　　"是我！快开门！"

乔泰听出那是朱姆茹德的声音。他高兴地咧嘴笑了，一骨碌爬起来，蹬上裤子，拉开门闩。

她匆匆走进来，顺手将门闩上。她裹着一件长长的连帽蓝披风，眼睛闪闪发亮，这让他觉得她看上去比以前更漂亮了。他将仅有的一张椅子推给她，然后自己坐在床沿上。

"要杯茶吗？"他笨拙地问道。

她摇摇头，将椅子踢开，不耐烦地说：

"听着，我的一切问题都解决了！你无须再带我去京城，只要带我去见你们的大人就行了。就现在！"

"去见我们的大人！为什么？"

"你们的大人答应给奖赏，一大笔钱，这就是原因！我听见渔民对我船上的人大声说这件事，他们看到市舶司大门上贴出的布告了。我不知道刘大人卷入了朝廷的阴谋，以为他来广州只是为了我的缘故。不过，那已经不重要了，重要的是我能获得那笔赏金，因为我就是毒死他的那个人。"

"你？"乔泰惊叫道，"你怎么能……"

"我来解释！"她生硬地打断了他的话，"只是为了说明为什么你必须立即带我去见你们的大人，同时你也好为我说句话。"她脱下蓝色披风，随手扔到地板上。她里面只穿了件透明的丝织长袍，婀娜多姿的胴体暴露得一览无余。"大约一个半月以前，"她接着说，"我与我的庇护人在寺庙附近的一间房子里过夜。当我早晨离开时，他说华塔寺有一个庙会，我最好在去码头的途中到寺里为他祈福。这个王八蛋！不过，我还是去了，在观音娘娘的大塑像前烧了香。突然，我发现站在旁边的一个男子正看着我。他高大英俊，尽管穿着朴素，却具有一种威严。他问我，一个大食女子怎么去拜菩萨。我说，对一个姑娘家来说，保佑她的神明越多越好。他笑了，于是就同我长谈起来。我马上就感觉到，这就是我一生中所希望遇见的男子。他待我也像待一位贵夫人一样！我对他一见钟情，就像一个不知天高地厚的十六岁小妞！我知道他也喜欢我，于是就请他到房间里同我一起喝杯茶。你看，那儿离寺庙后门很近，我知道我的庇护人已经走了。你应该知道接下来发生了什么事。他告诉我他还没成家，以前也从没跟女人睡过觉，不过他说那无所谓，因为现在他遇到我了。他又说了许多这样的好话，后来还说他就是朝廷的御史刘大人！当我向他诉说了我的烦恼之后，他答应帮我成为大唐子民，并向我的庇护人付清我的一切赎金。不过他又说过几天他得离开广州，但他会回来接我，并带我去京城。"

她轻轻按了按头发，面带微笑继续追忆：

"告诉你，我们在一起度过的那些日日夜夜，是我此生最幸福的时光！真不可思议，像我这样不知跟多少个男人睡过觉的女人，竟会有情窦初开的少女在初恋中的苦苦挣扎之感！我对他万分痴情，以致他要回京城时，我竟萌生了强烈的嫉妒之心。我真是一个十足的大傻瓜，是我自己亲手把一切给毁了！"

她停下来，用袖口擦去额头上的汗珠，然后抓过茶壶，对着壶嘴喝了一口，无精打采地接着说："你一定知道，我们水户备有各种各样的怪药，春药和一些好药，但也有一些毒药。这些药方在我们蜑民女性中已经传了好几代了。我们蜑民女子有一种特殊的毒药，专门对付她们怀疑是找借口出远门且划算着永远不再回来的情人们。如果这男人回来了，她们就给他解药吃，而他却不会知情。我问刘大人什么时候回广州来接我，他说十多天之后一定来，于是我们最后一次见面时，我就把毒药放在他的茶里，那剂量在二十多天内吃了解药就会没事。但如果他骗我，不再回来，我就要他用生命来补偿。

"十多天过去了，然后又是几天。那二十来天多难熬呀……我吃不下饭，而且那些夜晚……二十余天过去后，我神情恍惚，呆板地数着日子……可第二十五天他回来了，说他在京城有急事给耽搁了。三天前他到了广州，隐姓埋名，只有他的朋友苏主事一人陪同。他推迟来看我，是因为不得不去见一些大食人朋友，也因为感觉身体不太舒适，想稍作休息；但他身体越来越差，因此他就来了。尽管病着，他仍希望有我陪伴，他认为或许这样他的病就会好起来。我慌了，因为当时身上没带解药，我把它藏在寺庙附近的房子里了。我劝说他马上跟我去那儿，可我们一进屋他就昏过去了。我将解药倒进他喉咙里，可是已经迟了，一刻时后他就死了。"

她咬了咬嘴唇，朝窗外的屋顶凝视了一会儿。乔泰抬头望着她，目瞪口呆的，脸色变得煞白。她又缓缓地继续说道：

"房子里没有别人可以求助，因为我的庇护人没在那里安排丫鬟。我匆匆跑到庇护人那里去，告诉他所发生的一切，他只是笑了笑，说他会处理一切的。那个混蛋知道我已经完全被他捏在手中了；因为我，一个水户贱民，谋杀了朝廷的刘大人。如果他告发我，我就会被大卸八块！我对他说，如果刘大人那夜没回客栈，苏主事肯定会担心的。我的庇护人问我苏主事是否知道我与刘大人的关系。我说不，他就说那他确保苏主事不会惹麻烦。"

她深深吸了一口气，睨视了乔泰一眼，接着说：

"如果你带我去京城的话，我就有机会让我的庇护人闭上他的鸟嘴。他在京城一文不值，而你是羽林军的都尉。如果他泄漏出去，你便可将我藏在他们抓不到我的地方。不过，现在没事了，因为你们大人宣布刘大人是叛逆，这便意味着我非但无罪，还替大唐做了一件大好事。我要对他说，如果他让我成为大唐的子民，在京里给我弄间体面的小房子，他可以拿一半的金锭。快！穿上衣服，带我去见他！"

乔泰恐惧地抬头看着这个刚给自己判了死刑的女人。她背对着窗户，站在那儿。他凝视着她在满天朝霞映衬下的美妙玉体，脑海里突然清楚地浮现出黎明中可怕的刑场——这个柔软的、完美的胴体将会被刽子手剁碎，四肢分离……他强壮的身体不禁颤抖了好长一阵子。他慢慢站起身来，站在这个被喜悦冲昏头的女人面前，他拼命思索有什么方法可以救她，有什么方法去……

突然，她大叫一声，倒在他怀中。因为太突然了，他差点失去平衡。他紧搂着她酥软的腰肢，低下头去亲她那丰满的红唇；但他发现她的大眼睛渐渐变得呆滞，嘴巴在抽搐，下巴上有血。同时，他感到热血一滴滴地滴在他搂住她后腰的手上。慌乱中，他摸了摸她的肩膀，摸到了一个木柄，他紧紧握住了它。

他呆若木鸡地站在那里。这个奄奄一息的女人丰满的乳房紧贴在他的胸膛上，温暖的大腿也紧贴着他，他感到她的心在乱跳，就像上次在船上他把她抱在怀里时那样。接着，她的心停止了跳动。

他把她放到榻上，然后从她背部拨出那把标枪。他轻轻地合上她的双眼，擦了擦她的脸。他的脑子僵住了，只是怔怔地望着窗外大食人房子的平顶。她所站的位置，正好使她成为一个标枪高手轻易就能投中的目标。

突然，他意识到自己正站在唯一爱过的女人的尸体旁，他全身心爱过的女人的身边。他跪在榻前，将脸埋在她长长的卷发中，无声地抽泣起来。

过了许久，他站起身，用她的蓝长披风将她盖好。

"对我俩来说，爱就意味着死亡，"他喃喃低语道，"自从第一次见到你，我就知道。那时我就看到了战场，闻到了鲜血的腥味，看到了鲜红的血……"

他对这具宁静的胴体注视良久，然后锁上门，下了楼。他穿过清晨行人稀少的灰色街道，朝黜陟使府一路走去。

总管告诉他，狄公还在卧室里。乔泰上了楼，在前厅的一张榻上坐下。狄公手里拿着梳子正在梳理络腮胡，一听见他来了，没戴帽子，穿着睡服便把门帘拉开了，但一见乔泰憔悴的脸，他快步上前，吃惊地问道：

"究竟发生了什么事，乔泰？快别站起来，老弟！你看上去气色不好！"他坐在榻的另一头，担心地瞅着他的亲随。

乔泰眼睛直直地盯着前方，说出了朱姆茹德的全部故事。说完后，他看着狄公的脸，用一种刻板的声音又道："我在来这儿的路上都想通了，大人。无论怎样，她和我都完了。如果杀手没杀死她，我也会当场杀了她，她要为刘大人偿命，一命换一命，她一定会明白这个道理的。这是她的天性，也是我的天性。那么，我也会自杀。实际上，我现在还活着，可一旦这个案子了结了，我恳求您让我离开，大人。我想去参加北方的军队，去同边界的鞑靼人作战。"

接下来是长时间的沉默。最后，狄公平静地说：

"我从没见过她，但我能理解。作为一个女人，她死得很幸福，因为她唯一的梦想就快要成真了。不过，在她被杀之前她已经死了，乔泰。因为那时她只有一个梦想，而人活着是需要有许多梦想的。"他顺了顺他的袍子，然后抬起头，又说道，"我完全了解你的感受，乔泰。四年前，我们在北州破那个铁针命案时，我也碰到了与你同样的事，甚至那女人还挽救了我的性命和仕途，可我不得不做出那个决定。而你的决定却由杀朱姆茹德的凶手代劳了。"

"她被处死了吗，大人？"乔泰紧张地问道。

"不！她不想让我费事，她自杀了。"狄公慢慢地将着胡须，接着说，"当时我也打算放弃一切，我想从突然变得灰暗、毫无生气、死气沉沉的世界里退出来。"他停顿了一下，然后突然用手抓住乔泰的胳膊，"无人能给你忠告，你必须自己决定走什么路。但是，无论你做出什么决定，乔泰，它永远不会改变我们之间的友谊和我对你的敬意。"

狄公站起身，带着惨淡的微笑道："我现在得去梳洗一番了，我看上去可能灰头土脸的！你最好命我的四个手下立即去她的船上，拘捕她的丫鬟——她是那个庇护人的眼线；且需审问所有的船员，因为我们要了解那个庇护人的身份。然后，你带上十几名捕快去你的客栈，把尸体带来，再按既定计划追踪杀手。"

他转过身，消失在门帘后面。

乔泰站起身来，下楼去了。

二十一
▼

　　狄公刚坐下用早膳，陶干就进来了。他向狄公道罢早安，便
迫不及待地问是否有人来索取赏金。狄公摇摇头，示意他坐下，
然后一声不吭地喝粥。直到放下筷子，斜靠在椅子上，双手插在
袖子里，他才告诉陶干这假布告带来了意想不到的结果。

　　"如此说来，刘大人是为了恋情才回广州的喽！"陶干惊叫
道。

　　"部分是这样。同时他也想查查曼苏尔煽动叛乱的阴险计
谋，因为他清楚地告诉朱姆茹德，他不得不去见这里的一些大食
人。"

　　"但为什么他不让别人知道呢，大人？为什么他回京后，不
同政事堂讨论这件事呢？就是他第一次来这儿之后，并且……"

"他对女人知之甚少，陶干，但他对朝廷事务的确相当精通。他怀疑是他在朝廷的对手在背后策划了这场阴谋，但他没有确切的证据，因此不能告诉任何人。他的对手身居高位，可能在三省六部均有耳目，十分了解政事堂的秘密决定。为了找到可靠的证据，刘大人回到广州，可又被他深爱的女人误杀在这里。"

"大人，像刘大人这样一位高雅的君子，怎会迷上一个粗俗的大食舞女呢？"

"噢，一个原因是，她同刘大人常在京城见到的那些优雅的、有教养的大唐淑女迥然不同。她一定是他见到的第一个大食女人。在京城，不像在广州，大食人并不多，更不用说大食女子了。我想，是这种新鲜感首先吸引了他。后来，她强烈的女性魅力唤醒了他压抑多年的欲望，这种燃烧的激情是会使人跨越一切部族、社会地位和文化程度的鸿沟的。乔泰也非常喜欢她——陶干，你最好别在他面前提起她，这个悲剧对他的打击已经够大的了。"

陶干心领神会地点点头。

"乔兄跟女人交往总是很倒霉。"他颇有感触地说，"谁可能杀她呢，大人？"

"乔泰认为是曼苏尔干的，他说曼苏尔也爱着她。在曼苏尔的宴会上，当她被引见给乔泰时，那个大食人看到她对乔泰产生好感后相当的不高兴。她去乔泰的客栈时，曼苏尔可能跟踪了她，爬上后面房子的屋顶偷看他们。他看见他们在一起，穿得很少，以为这是情人间的幽会，嫉妒心大发，便把她给杀了。这话听起来虽然有理，却不足以令人信服。"

狄公呷了一口茶，继续说道：

"不论是什么情况，这出悲剧现已不重要了。目下主要是得弄清楚谁是她的庇护人——那个试图让刘大人卷进大食阴谋、想掩盖刘大人死亡的事实、策划谋杀苏主事和鲍夫人的人。我们必须完成刘大人无法完成的任务，也就是要找到确凿的证据，揭开他对手的假面具，揪出朝廷内这些可耻的叛逆！因为是他们雇用了朱姆茹德的庇护人，因此唯有此人才可能交代出他们的身份。我们未能阻止刘大人的对手谋害刘大人，但可以阻止他们从卑鄙的罪行中得益，此乃义不容辞之事。他们已经开始行动了，从政事堂发来的密函中的坏消息可以证实这一点。因此，我今天回京城前必须找到这个人。我手下的人现在可能正在审问朱姆茹德的丫鬟和那些船员，不过对此我并不抱奢望，因为那家伙事先早做了安排，没人知道他的真实身份。"

"那我们该做些什么呢，大人？"陶干焦急地问道。

"乔泰走后，"狄公回答说，"我又将这两天发生的事梳理了一下。根据已有的线索，我把事情大体上按推断的顺序梳理了一遍，已基本上有了结论。根据这个结论，我会采取行动，就在今天上午。"他喝光杯中的茶，慢慢捋着络腮胡说道：

"我们掌握了那个庇护人的一些线索，这些线索提供了一些相当有趣的可能性。"他把桌上的一张便笺推给陶干，"你最好记下这些线索，因为在解释我的结论时，我要参阅。

"听着，首先，我们要找的人必定在广州有一定的声望和势力，否则，刘大人在朝中的对手们不会选中他当代理人。这些逆贼不是傻子，他们不会选一个普通的骗子，让他要了高价然后再出卖他们。其二，这个人的动机必定是出于一种强烈的野心，因为他是在拿自己的地位和生命去冒险。作为报偿，那些逆贼一定许诺给他一个高官做——为他在朝廷谋个职位。其三，他在京城肯定有亲戚朋友，因为朝廷对偏远的岭南懒得过问，所以一定得是京城里有人推荐他。其四，他一定是住在黜陟使府里，或者与这里的事务有密切关系，因为我们走的每步棋他都了如指掌。从这一点看来，我们可以把怀疑的范围缩小到我们在这里经常接触的那些人。其五，他雇用大食恶棍和蜑民刺客，这足以证明，他同下层市井关系密切。陶干，这些关系都是通过他的帮凶来维持的，譬如曼苏尔。这事我回过头来再讲。其六，他想干掉乔泰一定有特殊原因。而且，他一定也对倪船主怀恨在心，因为他想让倪某背负谋杀乔泰的罪名。其七，他对蟋蟀感兴趣。其八，他一定同那个盲女有不寻常的关系。然而，当他知道她与他作对时，这关系并不能阻止他两次对她痛下毒手。从盲女方面来讲，她以间接的方式试图帮助我们，因为她还无法公开地告发他。记下这个疑问：她也许是他的女儿，或是他的情妇？其九，他有一定的资格做朱姆茹德的情人和庇护人。你都记下了吗？"

"记下了，大人。"陶干细看了他的笔记，然后道，"大人，我们要不要加上他没有一官半职这句？因为朱姆茹德清楚地告诉乔泰，她的庇护人虽然富有，却没有官位，因此不可能为她弄到大唐子民身份。"

"不，陶干，不一定是这样。根据我说的第一条，他在这儿一定是个显要的人物，这就意味着他一定是匿名同她幽会。大食舞女自然不会被邀请参加汉人的聚会，所以他一定是在光顾花船时认识她的，因为她在那儿谋生。从那时起，他就一直对她隐瞒真实的身份。不必担心她会发觉，因为她永远没有机会同他在公开场合见面。"陶干点点头，狄公继续说道：

"黜陟使是我们名单上的第一个怀疑对象。从表面上看，他是个忠诚、勤勉、有点大惊小怪的官员，但也许他是个表演高手。他在京城自然有许多做官的朋友，他们可能把他推荐给刘大人的对手们，这些人正在四处寻找极端之法危害刘大人。不用说，这也解释了我的第四点。至于他的动机，应是被野心迷了心窍，而他们可能许诺让他当京都府尹，这是他多年来梦寐以求的。他与大食人的中介者应该是曼苏尔。"

陶干抬起头来，叫道：

"黜陟使怎么可能容忍曼苏尔劫掠广州的阴谋呢，大人？这样一个大骚乱是会断送他的仕途的，不管他在朝廷的靠山是谁！"

"当然，他并不希望这项阴谋得逞，他只需要利用这阴谋来让刘大人一败涂地。等目的达到之后，他无疑会除掉曼苏尔，最简单的方法就是把他当作叛贼处死。即便曼苏尔在堂上声称是像黜陟使那样的人唆使他洗劫广州的，可谁又会相信这个可怜的大食囚犯呢？如果黜陟使是我们所怀疑的人，他可能透过另一个人，也就是一个汉人，来散布有关大食人将阴谋骚乱的谣言，而这个汉人以他的名义与汉人的下层小民保持联系。至于想除掉乔泰这一点，乔泰与朱姆茹德的幽会清楚地说明了原因。当乔泰越过蜑民船去她的帆船时，蜑民探子一定向他禀报了此事。黜陟使把乔泰看成是情敌，故此对他怀恨在心，同时又担心朱姆茹德可能会不守青楼严禁姑娘谈论客人的规矩，而透露给乔泰有关他真实身份的一些线索。至于黜陟使对倪船主的怨恨，我能提供可供参考的解释，也能轻易地证明它，但我现在宁可不对它做进一步的调查。关于第七点，黜陟使对蟋蟀颇有兴趣。第八点，我告诉过你，我有理由相信他认识那个盲女。再加上一个疑问，陶干，她或许是黜陟使的私生女？好了，我们来看最后一点：他有资格做朱姆茹德的情人吗？据说，他的家庭生活很幸福，但他会不会像刘大人一样，挡不住新鲜的诱惑；而且我有理由相信，他对外国女子并不反感。也就是说，他并不在乎她是个贱民，因为他是北方人。一个在广州土生土长的人才会对水户贱民产生恶感。最后，看来刘大人并不信任他。"

陶干放下手中的毛笔。

"没错，"他若有所思地说，"看来我们有足够的理由可以指控黜陟使。可我们怎样去证明呢？"

"别忙！除了黜陟使，我们名单上还有其他的人。鲍都督这人怎样？此人心情一直不佳，因为黜陟使对他严厉苛刻，他又认为他年轻貌美的妻子同倪船主有暧昧关系。在失意的情况下，他可能勾搭上朱姆茹德。从朱姆茹德提及她庇护人时所用的嘲讽口气来看，他是个年龄颇大的人。都督是个地道的山东人，对她的水户地位也没有偏见。当刘大人在朝中的对手拉拢他，答应为他在京城谋个高位作为报酬时，他很有可能落入他们的圈套；因为那将给他一个机会报复黜陟使，并同时可以满足朱姆茹德成为大唐子民的愿望。作为一名科举出身的官员，鲍都督在京城当然有不少熟人，这些熟人可能把他推荐给了朝中的那伙奸党。再者，他与我们一直保持着密切的联系。虽然他并不喜好蟋蟀，但他夫人却认识那个盲女，没准同她很熟稔。那盲女对鲍宽有怀疑，但考虑到鲍夫人，所以不想出来揭发。都督当然怨恨倪船主，对乔泰也是如此，其原因同黜陟使一案的假设是一样的。"

狄公停顿了一下，喝完杯中的茶。陶干为他续满茶，狄公接着说道：

"如果鲍都督真是我们怀疑的人，那我就得放弃鲍夫人是被误杀的推论。由于两名大食杀手在倪家刺杀乔泰失败，都督极为不满，当天下午就派蜑民杀手到姚开泰的私宅去杀通奸的妻子和倪船主。鲍夫人确实被勒死了，而船主却没露面。昨天议事时，你有没有注意到鲍宽收到了一张便条？那可能就是关于在倪家刺杀行动失败的消息。"

陶干听得半信半疑。过了片刻，他说：

"如果真是那样，大人，鲍都督手下一定有一个规模很大、办事得力的秘密组织。"

狄公道："他怎的会没有？他是堂堂州衙都督，这就方便他同汉人中的地痞、无赖以及曼苏尔保持秘密联系。再说，他和黜陟使都有足够的学问、经验和智慧来筹划这一起复杂的阴谋，透过像曼苏尔这样的走卒来监督实施，而他们则在幕后操纵。

"我们的第三个怀疑对象同样也有学问、经验和智慧，那就是梁福。对了，梁福和朱姆茹德对她庇护人的描述非常吻合：一个没有官职的富翁。他经常去华塔寺与方丈下棋，这可能是为了掩饰他去寺后的房子同朱姆茹德幽会。然而，这些还不重要，我过一会儿再说明。至于他的动机，不可否认，他在广州有地位，富甲一方，但他很可能对自己的商人地位不满，而渴望在京城谋取一个有势力的官职，就像他赫赫有名的父亲、已故的将军那样。他在广州土生土长，又对大食事务很精通；对他来说，同曼苏尔秘密勾结是轻而易举的事。从他竭力把我们的注意力引向曼苏尔的叛乱阴谋这件事可表明，他准备让曼苏尔当代罪羔羊，这正像我分析黜陟使时所说的那样。他对蟋蟀不感兴趣，与盲女没有关系。待会儿我再推翻这两点，因为还有第三点更难说得通，那就是，既然梁福是个出身名门的广州缙绅，从小就怀有种族偏见，要他屈尊与一个有贱民血统的大食舞女相交，这完全是不可思议的事。为解决这个问题，我们得像分析黜陟使时那样，假设梁福有两个帮凶：一个是曼苏尔，另一个则是个汉人。这第二个代理人一定是那个大食事物的行家姚开泰。所有的线索都表明，这个角色不是梁某，而是姚某。

"姚开泰不可能是主谋。他是个白手起家的人，在本地小有名气，但和京城却毫无干系，没人会把他推荐给朝中的叛逆。再说，他虽是个精明的商人，却无能力策划这样错综复杂的政治阴谋。然而，他却是个下流的好色之徒，寻花问柳、朝三暮四的淫欲，很可能令其并不在意对水户贱民的偏见。再说，他也符合朱姆茹德对她庇护人的描述。他恨乔泰，因为乔泰与朱姆茹德幽会；他也怨恨倪船主，因为倪某在他的私宅同出身良家而又充满魅力的鲍夫人约会，而他却做梦也不敢想要她做自己的情妇。他对那个盲女也垂涎三尺，但当他发现她在跟踪他，可能会告发他和他的上线梁福时，就决定派人杀掉她。第一次在他自己私宅的行动失败后，就再派蛋民杀手去科场追杀她。只有同她很熟的人，才可能知道她通常在那儿藏身。"

陶干把左颊上的三根长毛在瘦长的食指上慢慢地绕来绕去。

"姚开泰确实很像朱姆茹德的庇护人。"他说道。

狄公点点头，接着说：

"最后，我回过头来分析今天早上的命案。曼苏尔已经躲起来了，他不敢再跟踪和监视朱姆茹德，所以我想要么是她的庇护人，要么是她庇护人的心腹派标枪手去杀她的；因为害怕她会泄漏他的身份，为了自身的安全，不得不牺牲她了。

"现在，我来告诉你这些推论的实际结果。根据我们目前掌握的事实，我们还不能对黜陟使、都督或梁员外采取行动。从表面来看，他们之中没有哪一个人与这儿的犯罪有牵连。故而，我等必须透过罪犯的心腹来打击他，不管这罪犯是谁。曼苏尔不见了，可我们手中还有姚开泰。我们要立即拘捕姚开泰，控告他参与鲍夫人的谋杀案，拘捕之事可交由我的四名手下秘密进行。我要佯装派你们两个出去执行公务，以转移罪犯的注意力；因为他正在密切注意我们的每一步行动。一旦姚开泰被关押起来，我要搜查他的房子，并且……"

房门猛然大开，乔泰气喘吁吁地冲进来。

"她的尸体不见了！"他大声喊道。

狄公在椅子上坐直了。

"不见了？"他疑惑地问道。

"是的，大人。当我打开门时，我们只见到空床。床与窗之间的地板上有几滴血，窗台上也有一大块血污。一定是有人越窗而入。他把尸体盗走，越过屋顶，去了大食人的聚居区。我们挨家挨户查询，但没人听到或看见什么。他是……"

"她的丫鬟和她船上的人呢？"狄公打断了他的话，"他们知道她的庇护人是谁吗？"

"我们发现丫鬟的尸体漂在河面上，大人，是被勒死的。船上的人几乎从未见过她的庇护人。他通常在夜间进出，总是用领饰遮住脸。这狡猾的家伙，他们……"他气得一时说不出话来。

狄公把身体靠回椅子上。"太离谱了！"他咕哝道。

乔泰重重地坐下来，用袖口使劲擦他那汗津津的面孔。陶干若有所思地瞅了他一眼，欲言又止，随后便瞧瞧狄公。狄公一言不发，陶干便为乔泰倒了一杯茶。他的老友一饮而尽，然后呆呆地坐在那儿，两眼发直。接下来是一阵不安的沉默。

最后，狄公站起身，从桌子后面走出来，开始来回踱步，两道浓眉紧紧锁着。

狄公每次走过来，陶干都焦急地盯着他的脸，但他看起来似乎完全忘记了身旁的两名亲随。他终于在最近的一扇窗前停了下来，双手背在身后，站在那儿向外面的黜陟使府的院子望去。烈日下，院子已被烤得炙热。陶干拉了拉乔泰的衣袖，轻声告诉他马上就要拘捕姚开泰了。乔泰心不在焉地点了点头。

突然，狄公转过身来。他走到他们俩面前，用急速而简短的话语说道：

"盗尸是该罪犯的第一个错误，但也是个致命的错误。我现在理解他那扭曲的人格了。我的部分推论是正确的，而我却忽略了一个要点。现在，我对这儿发生的一切全都明白了。我要马上让他面对他的卑怯罪行，并要他告诉我谁是幕后的主谋！"狄公停了一下，然后皱着眉头说道，"我不能公开拘捕他，因为他是个足智多谋、坚定顽强的人，他可能宁愿自杀也不愿为我提供急需的线索。另一方面，他身边也许有心腹，我必须采取某种预防措施。你跟我一起去，陶干。乔泰，你去叫我的四名手下来，再叫黜陟使府的衙役班头都跟过来。"

二十二

▼

　　狄公的轿夫领班敲门敲了许久，高高的大门才打开来。宅子的老管家弓着腰走出来，他抬起惺忪的睡眼，惊奇地望着这两位不速之客。

　　"请通报你的主人我们来了，"狄公和蔼地对他说，"告诉他，这是一般来访，只需占用他片刻时间。"

　　管家领着狄公和陶干来到第二间客厅，请他们在一张雕花的乌木大长凳上坐下，然后拖着略显沉重的步子走了。

　　狄公一面慢慢捋着他的长胡须，一面默默地注视着厅里巨大的彩色壁画。陶干时而不安地瞅着狄公，时而望向门口。

　　管家回来了，比狄公预料的要快一些。"这边请！"他气喘吁吁地说道。

他带他们穿过西院的长廊，过了一个似乎无人居住的厢房，又经过好几个院落，也没遇到一个人，只有地上的白石板在阳光的照射下闪闪发光。最后，老人带他们走进一个昏暗、阴凉的长廊。长廊的尽头有一个宽大的木楼梯，因年代久了而颜色发黑。

到了楼梯顶，管家停顿片刻，缓口气，然后带他们上了另外两个楼梯——一个比一个窄。最后终于到了一个宽敞的楼梯口。此时一阵微风从高高的窗格里吹进来，显然他们到了一座塔状建筑物的顶楼。地板上没有地毯，屋内只有一个茶几和两把高背椅，厅后的门上方挂着一个大木匾，上面镌着四个大字"梁家祠堂"——从这儿可以看出先皇的书法苍劲有力。

"我家主人在里面恭候大驾。"管家边说边推开门。

狄公向陶干打了个手势让他就坐在茶几旁，然后就走了进去。

一股浓郁的天竺梵香扑面而来，香气是从放置于堂后高高的香案上的大铜香炉里散发出来的。堂内的两个烛台上点着蜡烛，光线昏暗，祭坛下面是一张豪华典雅的祭祀用的供桌。梁福坐在供桌前一张矮桌边，身着墨绿色的缎子袍，头戴一顶表明他进学功名的高帽。

见狄公进来，他急忙站起身迎接。

"让您爬了那么多楼梯，在下冀望大人不要见怪！"他谦恭地笑道。

"没关系！"狄公马上安抚他说。他看了一眼挂在对面墙上的真人般大小的梁将军戎装像，又说道："我很抱歉，不得不打搅你对已故将军的祭祀仪式。"

"随时恭候大人的光临，"梁福平静地说，"先父是不在乎被打搅的。他在世时，向来是国事第一，家事第二。关于这一点，他的后辈们再清楚不过了！请这边坐，大人！"

他把客人引到桌子右边的椅子上。桌上摆着一个大棋盘，上面剩有几个黑白棋子，看样子棋局已到最后阶段。棋盘旁边放着两个铜钵，一个装白子，另一个装黑子。梁福显然正在研究一个棋艺问题。狄公坐下并顺顺长袍，说道：

"我来是想和你讨论几件新鲜事，梁员外。"他等主人在桌子另一边坐好后，才接着说，"尤其是关于一具女尸被盗之事。"

梁福竖起了他那弯曲的双眉。

"为何偷盗如此奇怪的东西？您可否同我细说！不过，让我们先喝杯茶。"

他站起身来，走到屋角的茶几前。

狄公快速环顾四周。闪烁不定的烛光照着供桌上的供品，供桌上铺着绣花缎子的桌布，上面的金碗里盛满米糕和水果，金碗两边是两个精致的古花瓶，里面插满了鲜花。壁龛在供桌的上方，常年供着的祖宗牌位前挡着一道大红帘子。香炉里浓浓的香气盖不住异国香料的怪味，那气味似乎是从帘子后面发出来的。狄公抬起头，发现房子很高，灰蒙蒙的烟雾缭绕在发黑的椽子上，地上铺着的宽木板长年来已被磨得暗黑发亮了。他突然站起身来，把椅子拉到桌子左边，对走过来的梁福随口说道：

"若不介意，我就坐这里吧。那儿的烛光照得我不舒服。"

"请便！"梁福把他的椅子转过来，面对着狄公。他坐下后说："从这个角度，可以更清楚地看到先父的遗像。"

狄公再度造访梁宅，于梁家祠堂和梁福叙谈案情（高罗佩　绘）

当他往两个小蓝瓷杯里倒茶时，狄公瞧着他。他放一杯在狄公面前，然后双手捧着另一杯。从他瘦长的手指间，狄公注意到杯子光滑的釉面上有一丝裂缝。梁福心事重重地望着画像。

"这幅画绘得非常像，"他说，"是一个高手的杰作。您可注意到每个细微之处画得有多工整吗？"他放下杯子，站起身来，走到画像前，背对着狄公，用手指着横放在将军膝上的那把大剑的各部分。

狄公调换了两人的杯子。他快速地将梁福的那杯茶倒进旁边的棋钵里，然后站起来，手里拿着空杯子走到主人面前。

"我想，您还保存着那把剑吧？"他问道。梁福点点头，他接着说："我也有一把祖上传下来的名剑，名为'雨龙'。"

"雨龙？多奇怪的名字！"

"以后我再告诉你它的来历。我能否再喝杯茶，梁员外？"

"那当然。"

两人再次坐下后，梁福给狄公再满上茶，然后喝完他自己的那杯茶。他把瘦削的双手插在衣袖里，笑着说道：

"现在说说尸体被盗之事吧！"

"在讲述这件事之前，"狄公轻快地说，"我想先对你简单说明原委。"梁福急切地点点头，而狄公却从袖里掏出他的扇子，把身子靠在椅背上。他一面扇着扇子，一面开始说：

"前天我到达广州查找失踪的刘大人时，我只知道他的事与这儿的大食人有某种关系。在调查过程中，我发觉有一个对手对我此行的目的一清二楚，而且还在监视我们的一举一动。当我发现刘大人被蛋民的毒药毒死后，我猜测刘大人在朝中的对手雇了个本地人诱使刘大人前来广州，然后让大食逆贼把他给杀了。但我也看到了其他似欲挫败这起罪恶阴谋的力量。随着调查的开展，事情变得更复杂了。大食恶棍和蜑民刺客四处逍遥，那个神秘的盲女忽隐忽现。直到今天早晨，我才终于得到了具体的线索，那就是舞女朱姆茹德告诉乔都尉，是她毒死了刘大人，而她的庇护人也完全清楚此事。她一直恪守着青楼的行规：一个姑娘不该透露客人的姓名。我怀疑到黜陟使和都督，一时也想到你。可是，毫无结果。”

他合上扇子，把它放回袖子里。梁福一直彬彬有礼且饶有兴味地听着。

狄公坐直身子，继续说道：

“于是我尝试另一种方法：在脑海中拼合起我对手的形象。后来我意识到，他具有一个典型棋手的头脑。他总在幕后操纵别人为他办事，就像在棋盘上走棋子一样。我和我的两名亲随也是他的棋子，我们都是他棋局的一部分。意识到这一点真是个重大的进展。当你掌握了罪犯的思想之后，案子就破了一半了。”

“言之有理！”

“后来我又重新考虑你这位下棋高手。”狄公接着说，“你自然具有策划一起复杂阴谋的精明头脑，并可监督阴谋的实施。我也可以想象你的动机是好的，比如你由于未能继承你赫赫有名的父亲的事业而感到失落。然而，你绝对不会爱上带有水户贱民血统的大食舞女，你不是这种人。我断定，如果你是我们怀疑的人，那么你的心腹之一便是那舞女的情人。由于姚开泰最适合那个角色，因此我本来决定拘捕他。可就在刚才，我接到报告说舞女的尸体被盗了，因而我直接来找你。"

"为何来找我？"梁福平静地问道。

"因为，当我后来想到那死去的舞女、蛋民以及他们原始的情欲时，我忽然记起一个曾是蛋民奴隶的可怜的汉人妓女偶然说过的话。在蛋民的狂欢酒宴上，他们曾对她吹嘘说，大约八十年前，一位中国显要人物私下娶了一名蛋民女子，他们生的儿子成了著名的勇士。于是我就想到了'南海王'奇特的相貌。"他指着墙上的画像，"瞧那高高的颧骨、扁平的鼻子和低低的额头。正如水兵们给将军起的亲切绰号'老猴脸'。"

梁福缓缓地点点头。

"看来您已经挖掘出我们小心守护的家族秘密了！没错，我祖母确系蛋民。我祖父娶她真是罪过！"他咧嘴大笑，眼中露出一丝凶光，接着说道，"一位名声赫赫的将军竟被一个水户贱民的血统所玷污！他并非人们心目中的正人君子，对吧？"

狄公没理会这些自嘲之语，继续说道：

"后来，我意识到我把棋局给想错了。我想的是我们中国的文棋，所有的棋子都有同样的价值；或者也可说是武棋，代表敌对双方将军之间的战争。我突然明白，我本该想到印度的棋法，王和王后是两个最重要的棋子。而你这个特殊棋局的赌注主要并非是在京城谋个高位，而是要得到王后。"

"分析得真精辟！"梁福微微一笑，说道，"能否告诉我现在这盘棋已走到哪一步了？"

"最后一步。国王输了，因为王后死了。"

"是的，她死了，"梁福平静地说道，"不过，她正体面地安眠，就像一个真正的王后——人生这盘棋中的王后。她的灵魂正执掌着庄严的祭祀，愉悦地享用这些丰盛的供品和鲜花。看，她笑得多美呀……"他站起来，猛地把祭坛的帘子拉到一边。

对这种可怕的荒唐行为，狄公倒抽了一口冷气——在梁家这个神圣的祠堂内，在将军画像对面供奉祖宗牌位的壁龛里，朱姆茹德赤裸的胴体横在金漆祭坛的顶上。她仰卧在那儿，双手枕在头后，丰满的嘴唇现出一丝讥讽的微笑。

"这只是对她的初步处理，"梁福随口说道，又把帘子拉上，"今晚得继续处理。这么热的天，不处理不行。"

他回到座位上。狄公此刻已镇定下来，冷冷地问道：

"我们一起来一步步地把这盘棋重走一遍，如何？"

"乐意奉陪，"梁福严肃地回答说，"分析棋局，总是让我乐趣无穷。"

"听着，赌注就是朱姆茹德。你买下她，占有了她的身体。你认为，如果你能满足她的唯一愿望，你就能赢得她的爱——那就是，把她从水户贱民变成一个受人尊重的大唐淑女。这只有京城的大官才能做得到，因此你想成为一名京城的官员。你不得不快速采取行动，因为你害怕失去她。不然的话，要不她会与别人相爱，要不别人会帮她实现愿望。曼苏尔爱上了她，虽然她并不喜欢他，但你担心她的大食血统迟早会起作用，因此你想除掉曼苏尔。后来，你从京城的一位朋友那里得知，朝中有一位与皇后以及她的亲戚关系密切的大人物正想方设法要毁掉刘大人，愿意出高价给任何帮助他们达到目的的人。你的机会来了！你立即开始筹划一个阴谋，为赢得你的王后而仔细考虑每一步棋。你为朝中的那个人献上一条妙策，你……"

"我们还是干脆些！"梁福不耐烦地打断道，"那个人姓王，是宫里的宦官总管。我们透过一个共同的朋友进行联系。他是一个富裕的酒商，为朝廷承办采购事宜。"

狄公脸色变得苍白。圣上病入膏肓，皇后被自己变态的情欲折磨着，还有内廷总管那男不男、女不女的阴险模样……他突然看到了那可怕的一幕。

"猜猜他答应给我什么样的差事？！就是你现在的官职！有皇后撑腰，我还会爬得更高！先父是'南海王'，我将是'中原王'！"

"说得没错，"狄公疲惫地说道，"那么，在朝中那个不知名人物的纵容下，你建议诱使刘大人来广州，给他造成一种错觉：大食人正在策划一场叛乱。你尽力煽动曼苏尔的愚蠢野心，这样，刘大人来调查时，他便确实能发现有不轨之事正在酝酿之中。然后，你就派人谋杀他，再指控是曼苏尔所为。在严刑拷打下，曼苏尔会被迫承认刘大人在背后支持他的阴谋。干净利落的解决办法！除掉了曼苏尔，刘大人也死了，名誉还被毁了，你便和朱姆茹德一起上京城。

"这盘棋完全按照你的计划开始了。刘大人微服来此调查有关大食人动乱的谣言。他不敢通知本地的官府，因为有人向他暗示，朝中有一名官员卷入了这项阴谋，他当然想查出此人是谁。然而，他也为另一个原因而来，当时你是不知道的。刘大人第一次来广州时就遇见了朱姆茹德，他们俩相爱了。"

"我怎么想得到她会在那该死的寺庙里碰见他？"梁福嘟囔

道，"她……"

"这就说明生活并不等于下棋，梁员外，"狄公打断了他的话，"在现实中，你得考虑未知因素。好了，当刘大人和苏主事研究了这儿的形势之后，他怀疑有人在他面前设下陷阱。他去找曼苏尔，假装对他的叛乱阴谋表示同情，甚至声称可以帮曼苏尔和他两个同谋把兵器偷运到城里。当曼苏尔向你报告这件事时，你就知道你的计划进展得比预期还要顺利：如果曼苏尔受审，他只会供出上述这个事实！不过，你也意识到刘大人是在骗曼苏尔，于是决定早点对刘大人下手。

"不意，朱姆茹德毒死了刘大人。她不得不把事情的经过全告诉你，并且……"

"你说，不得不告诉我？"梁福突然大声嚷道，"每次她与某个下贱的野情人睡过觉之后，她总是直接跑来告诉我！告诉我所有那些污秽的细节以便折磨我，然后就嘲笑我！"他用双手蒙住脸，抽泣起来，"她那是在报复我，而我……我却束手无策。她的欲望比我还强烈，那火一般的血液在她的血管里跳动，而我的血液经过两代已被稀释了！"他抬起头，面容憔悴。他控制住自己的情绪，严厉地说道："好吧，她以前没告诉我关于刘大人的事，是因为他打算带她走。接着讲！时间不多了。"

"就在那时候，"狄公平静地继续说道，"我和我的两名亲随到达此地，对外宣称是来巡视海外贸易的，但你怀疑我是来调查刘大人失踪之事的。你对我的两名亲随盯得很紧，当你发现他们对这儿的大食人感兴趣时，你证实了你的怀疑。你断定，我们是你棋局中理想的棋子。要指控曼苏尔的叛乱阴谋，有谁能比大理卿更合适的呢？你唯一的问题是苏主事。朱姆茹德说过，苏主事根本不知道她与刘大人的关系，但你想确定一下。当天晚上，苏主事一定因为刘大人没回客栈而焦虑不安。第二天早晨，也就是前天，他沿着江边到处找他。你派曼苏尔的一名大食杀手和你的蛋民杀手跟踪他。两名杀手下午报告说，苏主事显然认识乔都尉，因为当我这名亲随离开酒馆时，他就在后面跟着。你命令蛋民杀手协助大食杀手干掉苏主事，但要在大食人杀乔泰之前勒死大食人，因为你想让乔泰活着，以便让他追查苏主事的命案。这样一来，到时候曼苏尔就多了一项指控。

"然而，你运气不佳。我的下属陶干碰巧遇见了那盲女。她一定是你的妹妹，那个你以前讲过死于事故的妹妹。陶干曾把鲍夫人错当成是她，而你派到姚家的蛋民杀手也犯了同样的错误。显然，她想阻止你毁掉你自己，而且……"

"这个假正经的小傻瓜！"梁福愤怒地打断道，"她是我一切麻烦的根源，因为她在我身边任性地毁掉了我的一个美好的前程。她和我都从先父那里继承了他的才干，而我的另一个妹妹不过是个愚蠢的女人，一直被她荒唐的小小激情所左右！当我们家的老塾师教我们四书五经时，蓝丽她总能读懂最难的那些章节，而且她长得很漂亮，是我少年时心目中最完美的女子！她洗澡的时候，我常常偷看，她的……"突然他住口了，干咽了几口唾沫，才接着说，"我们俩长大后，双亲去世，我对她谈起我们古老的神话，谈起帝国的开国圣贤把他们的妹妹娶为妻室。可她拒绝了，还对我说了一些难听的、可怕的话，说她要离开我，再也不回来了。于是，趁她睡着时，我把沸油倒进她的双眼，我怎能让一个鄙视我的女人看上别的男人？她没有责骂我，反倒可怜我。这个小伪君子！一气之下，我放火烧了她的房间，我想要……要……"他噎住了，一张脸无奈地气歪了。过了片刻，他平静了一些，继续说道：

"她说过她不会再回来，可最近却频频到我房子里窥探，这个刁女！我听说，她碰到我的两个手下，他们把刘大人的尸体带到这儿并准备再从这儿将尸体转移到寺里——她趁机偷了那只该死的蟋蟀。虽然她对我的计划一无所知，但她很聪明，能把事情串起来。当你的那名亲随送她回家时，刚巧被我的手下看见，还偷听到了他们的谈话。这个贱货竟然说她是在藏有刘大人尸体的寺庙附近捉到蟋蟀的，好让你们能追查到我身上来。所以我把她带到这里，关了起来。但第二天早饭后，她就逃出去了。她究竟是怎么逃出去的，我仍然……"

"确实是那只蟋蟀的线索把我们引到寺庙里去的，"狄公说道，"我发现了刘大人的尸体，这对你来说是个意想不到的挫败。你本想让尸体消失，这样一来，蜑民的毒药就不会被查出来。我猜想，你会让曼苏尔承认是他把尸体丢到海里去的。不过，你成功地把这个挫败转变成有利的因素。在我调查期间，你巧妙地暗示我大食人与蜑民关系密切，曼苏尔有充分的机会获取毒药。看来，这一切的确进展顺利。但是，人为因素又一次打乱了你漂亮的棋局。乔都尉遇见了朱姆茹德，并且爱上了她。你的探子报告说，昨天早晨他到船上去看她，显然和她同榻共眠。如果她说动乔泰偷偷带她去京城该怎么办？如果她不经意间泄漏了你的身份又该怎么办？因此必须除掉乔泰，最好把他杀死在倪船主家。"狄公若有所思地望着主人,问道,"对了,你何以得知乔泰会再次去那儿?"

梁福耸了耸他瘦削的肩膀。

"就在你的亲随第一次去倪家之后,我的两个手下便在倪家后面的房子里安插了眼线。曼苏尔也藏身于此。当他看到你的亲随去那儿,便立即派他两个手下越过屋顶用船主的剑去杀他。我认为曼苏尔的主意不错,因为倪某活该被当成杀人犯上断头台,这色鬼诱奸了我妹妹。"

"他没有。不过,我们别岔开话题,我们来接着谈你的棋局,这盘棋的最后一步。你的棋子全都失控了。用刘大人假头示众的计策生效了。今天一大早,朱姆茹德去乔都尉的客栈,要他带她来见我领赏,可她就在那儿被杀了。现在王后没了,你的棋局已经输了。"

"我不得不杀掉她,"梁福喃喃自语道,"她要离我而去,她背叛了我。我派了最好的标枪手去杀她,她没有痛苦。"他怔怔地望着前方,漫不经心地捋着他的长髯。突然,他抬起头来:"不要按一个人拥有的东西来衡量他的财富,狄大人。要根据他得不到的东西来衡量他。她看不起我,因为她知道我实际上是个懦夫,害怕别人,也害怕我自己,所以她想离开我。但现在,她被涂了香料,她的美永远与我同在。每天夜晚,我要对她诉说情衷,再也没有人能把我们分开了。"他冷静下来,恶狠狠地补充道,"尤其是你,更不能了,狄大人!因为你就要死了!"

"害死我,你似乎就没事了!"狄公讥讽道,"你以为我是个傻子,没把你的所有罪证告诉黜陟使和我的亲随之前,就到这儿来对证你的罪行吗？"

"不错，我确实这样想！"梁福自鸣得意地回答说，"听我说，当我知道你即将成为我的对手时，我就对你的性格做了仔细的分析。狄大人，你是个赫赫有名的人，过去二十多年来，你断了许多惊人的犯罪案件，已是家喻户晓的事，在大唐的茶肆酒楼里，一再传扬。我深知你是如何断案的！你思维敏锐，具有非凡的直觉力，是个能把看来毫无关联的事情串联起来的怪才。你确定嫌疑对象，主要是通过你对人的敏锐洞察力并依靠你的直觉。然后，你突然把他抓起来，用你的人格力量对他施加影响。我承认，这一招是相当厉害的。你用巧妙、惊人的方法一下子就让嫌疑犯招供，之后你再做解释。这是你的典型方法。你不像别的断案者，你从不费心去建立一个完整的案卷，从不耐心地一步步搜集证据，而是待证据差不多了，然后同你的亲随一起探讨案情。因为前者同你的性格是背道而驰的，因此，我确知你不会向黜陟使透露一丁点儿，而你的两名亲随也知之甚少。所以，令人尊敬的大理卿，你就要死在这里了。"

他傲慢地看了狄公一眼，然后温和地说："我那亲爱的妹妹今晚也必须死在这儿。我的蜑民杀手两次杀她未遂，第一次是在姚家，后一次是在科场。不过，我知道她现在在这幢房子里，我终于可以抓住她了，她是唯一可能对我不利的证人。至于我所雇用的那些愚蠢的蜑民杀手，他们什么也不知道，他们生活在另一个世界，永远也不会被查到。曼苏尔倒是有所怀疑，但那个聪明的恶棍此刻正远在大海上，在一条开往他自己国家的大食船上。刘大人的命案将会以情杀结案，系一误入歧途的贱民女子所为。

该女子又被其心怀嫉妒的大食情夫所杀，并盗走其尸体。多清楚的案子！"他叹了一口气，又继续说道：

"令人深感遗憾的是，你将因奋力破案而在来我家讨论案情时死于心疾。众所周知，你多年来勤勤恳恳、鞠躬尽瘁，但人的生命毕竟有限。我用的毒药所导致的症状与心疾突发的症状几近一样，不可能被查出来。事实上，我是从朱姆茹德那里得到药方的。好了，像你这样大名鼎鼎的人能在我这陋室里断气，那是我的一大荣幸！过一会儿，我要叫你的亲随陶干进来，他得帮我准备一下，把你的尸体送到黜陟使府。我相信，黜陟使会按常规处理所有剩下的事。顺便说一句，我从来不低估我的对手，你的两名亲随精明能干，他们肯定会产生怀疑。不过，等他们说服黜陟使再来细查我的事时，这里的一切蛛丝马迹都会被抹得干干净净。别忘了，我很快就要继承你的职位！至于你精心在我前院安排的那些人，我会对他们说，你原来就预料到大食恶棍要来杀我。我要让你的人在这儿发现一个大食恶棍，而他将被按律处决。好了，到此为止吧。"

"我明白了，"狄公说道，"那是茶里有问题。我必须承认，我原先估计你会用一种更巧妙的方法来害我。比方说，地板上有一个秘密的陷阱门，或者从天花板上突然掉下什么东西……你已经注意到，我早就做了防备，挪动了我的椅子。"

"可你也没忘记茶里放毒的老伎俩，"梁福放纵地笑着说，"正如我所料，当我背对你时，你调换了杯子。当然，这不过是像你这样有经验的断案者惯常的做法。要知道，毒药是涂在我杯子内壁上的，而你原先那杯装的只是一般的茶水。所以，你喝了毒药，现在该生效了，因为剂量是仔细算过的。别，别动！如果你站起来，毒药会马上发作。你没有感到心口在隐隐作痛吗？"

"没有，"狄公淡淡地说道，"以后也不会。难道我没说过你有棋手的精明头脑吗？棋手总是通盘考虑一连串的步骤。我知道，如果你使用毒药害我，你不会采取把毒药放进我杯子里的那种粗劣方法。当我注意到你杯子上有道裂缝时，我证实了我的想法。那就是说，你想让我调换杯子。不过，我又采取了第二个步骤。我不仅换了杯子，而且还换了里面的茶。你知道，我把毒茶倒进这个棋钵，把茶水倒进有裂缝的杯子里，再把棋钵里的毒茶倒进我的杯子里，现在是你的了。你可以来看。"他拿起棋钵，让梁福看里面的湿棋子。

梁福一下子跳了起来。他向供桌走去，但走到一半就停下了。他两腿摇晃，双手紧握在胸前。

"王后！我想见她，我……"他哽咽地说道。

他跌跌撞撞地向前走去，终于抓住了供桌的边缘。他喘了一口气，瘦瘦的身躯一阵痉挛，便倒下了，拽着的桌布掉在他身上，供桌上的盛器也哗啦一声掉在地板上。

二十三

▼

　　门突然开了，陶干冲了进来。当他发现狄公弯腰在看梁福瘫在地板上的身体后，便猛然停住脚步。狄公确认梁福已经断气后，便开始搜查尸体。陶干低声问道：

　　"他怎么死的，大人？"

　　"当我告诉他，他已经喝下为我准备的毒药时，他相信了。这个打击使他猝发心疾。事情本该这样了结，因为他知道某些不可泄漏的朝廷机密。"他简短地告诉了陶干关于调换酒杯的事，"我把毒茶倒在那个棋钵里，里面有半钵棋子。梁福只看见棋子是湿的，却不知道钵里盛有全部的毒茶。把这个棋钵拿上。"他从梁福袖子里的皮鞘中抽出一把锋利的长匕首来，又补充说，"把这个也拿上。千万要小心，刀尖上有点棕色的什么东西。"

陶干从袖子中掏出一张油纸来，他一面包棋钵和匕首，一面说道：

"您应该让他喝下他自己的那该死的毒药，大人。如果当时他不相信您的话怎么办？那他就会用这把毒匕首杀了您。只要碰一下就完了！"

狄公耸耸肩。

"在他认为我已喝了毒茶之前，我一直留心与他保持距离。"他接着又说，"陶干，人上了年纪，就不再那么自信了，会越来越倾向把生杀大权交给上苍。"他转过身，离开了祠堂，他的亲随跟在后面。

楼梯口上站着一位苗条的年轻女子，身着素净的深棕色裙袍，那双朦胧的眼睛凝视着前方。

"她刚来，大人，"陶干急忙解释道，"来提醒我们要当心梁福。"

"你哥哥死了，梁姑娘，"狄公冷静地对她说，"他心疾发作。"

盲女慢慢地点点头。"这几年，他心脏一直不好。"她停顿了一下，又突然问道，"是他杀了刘大人吗？"

"不，是朱姆茹德。"

"她是个危险的女人，"她忧心忡忡地说，"我一直担心哥哥对她的痴情会毁了他自己。当我听说他的手下将一位高官，也就是朱姆茹德的情人的尸体带到这里来时，我就猜想可能是哥哥杀了他。我找到了放尸体的房间，当他手下的两个喽啰忙着将自己扮成衙役时，我迅速搜了一下死者的衣袖，把'金铃'从压瘪的笼子里放出来。我还拿了个像信封一样的东西，因为那是死者身上携带的唯一文书，所以肯定很重要。"

"我猜是你妹妹鲍夫人将那封信偷偷塞到乔都尉的袖子里的，是吗？"

"是的，大人。她是倪船主的老友，刚送了一张条子邀倪船主那天下午去姚员外家见面。她原打算把那信封交给衙门的陶相公，后来看到陶相公的朋友，便认为交给他更安全。"她停下来，将垂落在光滑的额头上的头发朝后捋了捋，接着说道，"我们定期会面，当然是在暗地里，因为我和哥哥都想让别人以为我死了。但我又不忍心看我的亲妹妹为我伤心，所以那事过了一年后，我去看她，并告诉她我还活着。尽管我向她保证我什么都不缺，可她总是牵挂我，坚持要把我介绍给各种各样可能会买我蟋蟀的客人。昨天早上，我从这儿逃了出去，对她说我担心我们的哥哥惹上了麻烦。在我的要求下，趁您和她夫君拜访我哥哥时，她搜查了他卧室里的桌子，大人。她拿了两张地图告诉我说，其中有一张地图上标出了乔都尉住的客栈。我希望那天下午在姚员外家再次与她见面，但没见着。是谁杀了她呢，大人？她没有仇敌，虽然我哥哥瞧不起她，但并不恨她，倒是恨我。"

"她是被误杀的。"狄公回答道，接着又很快地说道，"我很感谢你给予我们的协助，梁姑娘！"

她惘然地摆了摆她的纤手。

"我原希望你们能在我哥哥还未陷得太深前查到谋杀刘大人的凶手的，大人。"

"你是如何将自己隐藏得这么好呢？"狄公好奇地问道。

"只不过躲在我熟悉的地方不出来罢了，"她微微一笑，回答说，"我对这幢老房子了如指掌，许多暗室、秘密通道和出口，连我哥哥都不知道。对科场我也再熟悉不过了，那是我最喜欢藏身的地方。当陶相公和他朋友看见我时，我便从后门溜出去，躲在放轿子的仓库里。后来，我听见了一个女人的尖叫声，那儿出了什么事，大人？"

"我的两名亲随撞见一个正在调戏妇女的无赖。"狄公答道，"我说，你哥哥把朱姆茹德的尸体弄到了这房子里来了，梁姑娘，我要马上派人将尸体送回衙门。你有什么事要我帮忙的吗？你要知道，现在你得照管这栋房子，还要处理你哥哥的后事。"

"我要把母亲家族的一个舅公请来，他会料理我哥哥的后事，而且……"她忧郁地摇了摇头，过了片刻才用几乎听不见的声音接着说，"都是我的错。我不该离开他，不该让他独自面对那些个折磨他的可怕念头。那时他还是个男孩，每天在花园角落里玩他的木偶兵，想象自己将来指挥大战的情景，后来……可后来，他知道自己不适合从戎。当我离开他后，他又意识到自己不能拥有一个女人。第二次打击令他彻底垮了。他原想自杀，但他遇到了朱姆茹德，她……她显然是他能拥抱的第一个，也是唯一的一个女人。他只为她活着，可她并不喜欢他，而且常用残酷且侮辱性的话这样告诉他。都是我的错，我本该用更委婉的方式拒绝他，本该让他对另一个女人感兴趣，一个善良的女人，她会……但我那时太幼稚，我不懂，我不懂……"

她用双手蒙住了脸。狄公向陶干打了个手势，两个人便下楼了。

乔泰同四名手下和十几名衙役正在大厅等候。狄公告诉他们，强盗事先藏在这屋子里，当梁员外突然向其中一名强盗扑过去时，却因心疾发作而故世。狄公要乔泰领人彻底搜查这屋子，一发现有可疑的人立即予以拘捕。随后，狄公把一名最年长的手下叫到一边，告诉他曼苏尔已登上了停泊在珠江口的一艘大食船只，并吩咐他立即去找市舶使，派四艘快船去追捕曼苏尔。这名手下匆匆离去后，狄公命老管家带他和陶干去梁员外的卧室。

陶干在床架后面发现了一个秘密墙柜。他撬开锁，但墙柜里只有一些文契以及和生意有关的一些重要文书。狄公也没指望能找到任何足以定罪的文件，梁福毕竟很精明，应该不会保存这种文书。他相信，当他派人对内廷宦官总管的府邸进行突击搜查时，他会在长安找到他所需要的书面证据的。他命陶干将朱姆茹德的尸体秘密移送衙门后，便先上轿回黜陟使府了。

他让府中的一名随从直接带他去黜陟使的私人书房。

书房位于正厅的楼上，是一间不大但装饰优雅的房间，拱形的窗户外面是花园和莲池，一套瓷茶具和插着白玫瑰的玉钵摆在左边的茶几上，右边靠墙是一个厚实的乌木大书橱。黜陟使坐在一张高大的书案后面，正在对站在椅子旁的老书吏吩咐着什么。

黜陟使一见狄公，急忙站起身，绕过书案来迎接他。他请狄公坐在靠茶几的那张舒适的扶手椅上，自己则在对面的椅子上坐下。老书吏上过茶后，黜陟使就打发他走了。他双手放在膝盖上，向前探了探身子，紧张地问道：

"出了什么事，大人？我见到您发布的告示了，那个高官是谁？”

狄公一口气喝完了杯子里的茶，他突然觉得自己累坏了。他放下茶杯，松开长袍的领子，平静地说：

“这是个极其不幸的事件。你知道，刘大人在此地被谋杀了，我在华塔寺发现的尸体其实就是他的。我现在以大理卿的名义给你说明端详。刘大人来广州是为了他与本地一名女子的恋情。但她已有情人，于是那恶棍便毒死了刘大人。我发布告示其实是个计谋，凶手的一个朋友看到告示，就前来告发他。现在他已被捕，正待押往京城进行秘密审讯。你要明白，连这扼要的官府说法也是不可泄漏的，朝廷也不希望大臣的不检点行为被四下传开。”

“我明白了。”黜陟使慢慢地说道。

“我能理解你尴尬的处境，”狄公柔声说，“我清楚地记得，当我还是个县令时，京城的一位要员来我地方视察的情形。这种事是没办法的，我朝体制历来如此。”

黜陟使十分感激地望着狄公，然后问道：

“能告诉我梁员外的住宅为何被卫兵包围吗？”

“我接到报告说，蜑民强盗进入他的家中。我去他家提醒他，却发现他已碰上一名强盗，在搏斗中不幸因心疾发作而亡。我的两名亲随正在围捕那些强盗。这件事一定要谨慎处理，因为梁员外是地方名人，如果让广州百姓知道是蜑民杀了他的话，一定会引发械斗的。你就让我的两名亲随全权处理这件事吧。”他呷了一口茶，“至于大食人的问题，我已派人追捕元凶曼苏尔了，等他落网之后，我们就可以解除治安方面的紧急措施。我将向政事堂提出昨天对你说的有关隔离外蕃的建议，这样，以后就不必担心他们制造什么麻烦了。"

"我明白了。"过了片刻，黜陟使怯怯地接着说，"我希望，这里所发生的一切……呃……不正常的事，不会归咎于在下治理不力，大人。如果京里的大臣听说我……呃……渎职的话，我就……"他忧虑地瞥了客人一眼。

但狄公没理睬他，相反的，他平静地说道：

"在调查的过程中，暴露出一些与主案关系不大的事情，却并非不重要。首先是鲍夫人的死案，都督正在调查此事，我认为你最好由他去了结这件命案。其次，我探得多年前发生在这里的另一个悲剧，是关于一名波斯妇女自杀身亡之事。"他迅速朝脸色变得惨白的黜陟使看了一眼，继续说道，"昨天早上我们在花园的亭子里碰面时，你急于把调查波斯居民区的事从我手中接过去，显然你对他们的事做过专门的研究；所以我想，你能为我提供关于这个悲剧的更多细节吧。"

黜陟使把脸转了过去，凝视着窗外黜陟使府的绿色屋顶。狄公从钵里拿出一支白玫瑰，使劲地闻着花的幽香。黜陟使用一种不自然的声音说道：

"那是许多年前的事了，我被派到这儿来担任衙门的主簿。实际上，那是我的第一个职务。我当时还年轻，易受外界影响，外族聚居区的异国风情对我产生了诱惑。当时我经常去一个波斯商人家做客，因此认识了他的女儿。不久，我们相爱了。她是个优雅的漂亮姑娘，但我没注意到她同时也是个十分敏感、性格脆弱的人。"

他转过身来，盯着狄公的脸，接着说："我非常爱她，决定放弃我的仕途，同她成亲。可有一天，她对我说，她不能再见我了。当时我就像个傻小子，什么也没怀疑，只以为她想结束我们的关系。绝望中，我开始经常光顾一名汉人妓女。过了几个月，她捎信来了，信中要我在当天的黄昏时分去华塔寺见她。去了之后，我发现她独自一人坐在茶亭里。"他垂下眼睛，握紧了拳头，"她身穿橘黄色的长袍，头上包着一条薄薄的丝巾。我想跟她说话，但她制止了我，让我带她到塔上去。我们默默地顺着陡峭的楼梯往上爬，越爬越高，终于到了最高的第九层的狭窄的平台上。她走过去站在栏杆边，落日的余晖把淡红色的光芒洒在下面的一大片屋顶上。她不看我，却用一种怪异的、没有感情的声音告诉我，她已经有了我的两个双胞胎女儿，可因为我抛弃了她，她就将她们溺死了。我站在那里，全然呆住了。就在这时，她突然纵身跳下栏杆。我……我……"

他一直在竭力控制自己的声音，但此时已完全崩溃了，遂用双手蒙住了脸。狄公听见他在喃喃自语："我没有坏心，老天为我作证！而她……只是……我们当时太年轻，太年轻了……"

狄公静静地等黜陟使恢复平静。他把手中的玫瑰慢慢地转来转去，看着白色的花瓣一片片掉在光滑的黑色桌面上。当黜陟使终于抬起头来时，狄公将花重新放回钵里，说道：

"她一定爱你颇深，否则不会像着了魔似的，要用这种残酷的方法来伤害你。她不仅自杀，而且骗你说她弄死了你的两个女儿。"黜陟使震惊得正要从椅子上站起来，狄公摆摆手，"不错，那是谎言。她将双胞胎女儿送给了一个汉人朋友。后来，那汉人破产了，一个她生前认识的有波斯血统的汉人又收养了她们，把她们照顾得很好。我听说，她们已长成漂亮的大姑娘了。"

"她们在哪儿？那人是谁？"黜陟使脱口问道。

"他姓倪，就是我曾对你提到过的那位船主。他是个神秘、有点奇特的人，可我得承认，他却是个有原则的人。尽管他知道你卑鄙地欺骗了那个波斯女人，但他宁可对此事保持沉默，因为他认为旧事重提对谁都没好处，尤其是对那两位姑娘。你哪天可以去拜访他，或许得微服出行。如果我的消息没错的话，船主现在应该是你的女婿了。"狄公站起身，顺了顺他的长袍，又说，"此时此地你对我所说的一切，我都将忘却。"

黜陟使感激得说不出话来。他把狄公送到门口，狄公道：

"在开口谈波斯女人的事之前，你说你担心你在京城的名声。放心吧，我将责无旁贷地向政事堂报告，我觉得你是个十分勤勉的杰出官员。"他打断黜陟使受宠若惊的感激之语，最后说，"我奉命立即回京，今天下午就离开广州。多谢你的盛情款待，告辞了！"

二十四

▼

　　狄公同乔泰、陶干一起在他的餐室里用了一顿迟到的午膳。他的两名亲随已经在梁府里拘捕了两名蜑民恶棍、三名汉人无赖以及一名大食刺客。这六个人已经被关进了衙门的大牢。

　　午膳间，狄公向两名亲随讲述了事情的全部经过，不过隐去了他同黠陟使最后的谈话。他简要说明了刘大人命案的官府解释后，继续道："如此，刘大人为自己定下的使命，现在已经圆满完成了，只是他为此付出了性命。宦官总管将得到应有的惩罚，他的那些奸党也将垮台。太子不会被废黜，皇后及她的亲戚也会退出政局，不过是暂时的。"狄公突然沉默不语。他在想皇后这个人，她实在端庄美丽、精力充沛，又极其能干，但却十分残忍，常被奇怪的欲望所左右，因着她和她家族的权力而野心勃勃。在这第一回合的间接冲突中，他已经占了上风，然而，他突然有一种不祥的预感：更多的正面冲突将会来临，流血事件已是不可免的了。他感到了一种令人不寒而栗的恐怖，似死神之降临。

乔泰担忧地望着狄公。狄公面容憔悴，眼睛下面有深深的黑眼袋，凹陷的双颊刻满深深的皱纹。狄公费力地控制住自己，缓缓地说道：

"刘大人的命案也许是我审理的最后一个犯罪案件。从现在起，我可能要全心致力于时政的问题。梁福对我破案方法的分析切中肯綮，这让我意识到，该是我退出断案生涯的时候了。我的方法广为人知，聪明的罪犯可以利用这一点。而我的方法是我性格的一部分，我年事已高，无法改变了，应该让年轻有才干的人来接替我的工作。今日午后，待酷热稍退，一支特别的卫队将护送我回京，你们俩把刘大人的案子了结后也赶快回到京城来。你们要严守我已同你们说过的官府解释，确保不再有什么事情发生。你们不用担心曼苏尔，他逃到一艘大食船上去了，我已派兵船去珠江口追他。他将被秘密处决，因为他知道一些朝廷的大事，这些事绝不能传到外族首领，诸如哈里发的耳朵里去。"他站起身，接着说，"我们都需要好好休息一下！你们俩没必要回城里那阴暗的客栈去了，就在我的外间睡个午觉吧，那儿有两张空榻。午睡后你们可以送我，然后再去办事。我相信，你们明天就能起身离开广州了。"

当三人朝大门走去时，陶干凄然说道："我们在这儿只待了两天，但我却看到了广州的一切！"

"我也是。"乔泰简短地说道。稍后，他又实在地说道："我正盼着回京继续做事呢，大人。"

狄公迅速看了看他这名亲随苍白、憔悴的脸。他想，一个人要从生活中学到什么，就必须付出相当的代价。他对两名亲随热情地笑了一笑，然后说：

"听你这么说，我感到很欣慰，乔泰。"

他们登上了通往二楼狄公住处的宽楼梯。乔泰看到外间那两张豪华的、带有床帘的床榻，便对陶干咧嘴苦笑道：

"你随便睡哪张吧，或者两张都给你！"他转过身来对狄公说，"我就在你卧室门前的席垫上打个盹就行了，大人！天气可真是热！"

狄公点了点头。他将门帘拉开，进了卧室。里面又热又闷的，于是他走到宽宽的拱形窗前，卷上了竹帘。但他很快又将它放下来，因为中午的阳光照在毗邻房子的琉璃瓦上又反射过来，直刺他的眼睛。

他走到房间的后面，将帽子放在榻旁的小茶几上。他的匕首就搁在茶壶后面。当他去摸茶壶还热不热的时候，目光落在挂在墙上的雨龙剑上。见到他珍爱的宝剑，他突然想起梁家祠堂里那幅《南海王》画像中的大剑。没错，将军有蜑民的血统，但是，他血液中那种原始的野性已被一颗高贵的心给抑制了，那种强烈的激情已升华为一种近乎超人的勇气。他压制住伤感，脱下他的厚缎子长袍，只穿了一件白色丝绸睡袍，伸开四肢躺在榻上。

两眼盯着高高的天花板，他想到了他的两名亲随。他觉得自己该为乔泰的伤心经历负起部分责任。确实如此，他早就该让乔泰有个家了，那是他对下属该有的关心。

马荣已经娶了木偶影戏班主的两个漂亮女儿，他也早该为乔泰安排一个合适的人选。回京后，他就着手去办这件事。不过，这不太容易，因为乔泰出身于名将世家，他的先辈几百年前就在西北定居，他们性格朴实、坚强、吃苦耐劳，活着就是为了战斗、打猎和饮酒。他们喜欢那种同他们一样强壮、独立性强的女子。所幸陶干在这方面没有问题，因为他生来就讨厌女人。

后来，他想到回京后要做的一些重大决定。他知道，忠于圣上的大臣们会请他接手已故刘大人的政务。但是，等陛下驾崩之后再走这一步岂不更好？他竭力设想所有可能发生的事，但发觉思路很难清晰起来。门帘外隐约传来乔泰和陶干轻柔的说话声，这使他渐生倦意，等说话声一停，狄公也打起盹来了。

黜陟使府内这个偏僻的厢房此刻非常安静，除了守在外面大门口的卫兵外，每个人都在午睡。

这时，伴随着一阵轻轻的沙沙声，竹帘被拉开了。曼苏尔悄无声息地越过窗台进到屋里来。他只缠着一块白色的腰布，弯匕首别在腰间，没戴他的大包头巾，而是在头上紧紧地缠了一块布。他那肌肉发达的身体布满汗珠，闪闪发亮；因为他是一路从房顶爬过来的。他站在窗前，等了片刻好让气息平稳。进入屋子前，曼苏尔已经断定这里必定是大理卿的起居之处，所以当他发现床榻上之人已经睡熟，且睡袍在胸前松了开来，露出宽阔的胸膛时，他暗自窃喜。

曼苏尔步态灵巧地走向床榻，就像一只黑豹去捕捉它的猎物一般。他将手按在匕首柄上，眼睛却被挂在墙上的那把剑所吸引，于是他迟疑了一下。他想，以后向哈里发禀报说他是用这个异教徒自己的剑杀死他的，那该有多好。

他取下剑，然后将剑迅速地拔了出来，但因他不熟悉中国剑，导致剑鞘滚落在石板地上，发出了嘎嘎声响。狄公不安地挪动了一下，然后睁开了眼睛。曼苏尔骂了一声，举起剑欲刺向狄公的胸膛，却忽听见背后有人大喝一声，曼苏尔一下子转过身去，只见乔泰只穿了条宽大的裤子，直扑过来。这大食人也朝前冲去，用剑直刺乔泰的胸膛。乔泰一面摇摇晃晃地向后退，一面还拽着曼苏尔。这时狄公从榻上一跃而起，从茶几上抓过匕首。曼苏尔回头迅速扫了狄公一眼，犹豫着该用剑来保护自己还是该放弃它，改用自己用惯了的弯匕首。此刻的犹豫注定了他的灭亡。狄公向他急扑过去，将匕首刺入他的脖颈。由于用力过猛，鲜血喷得很高。狄公将大食人的尸体推到一边，在乔泰身旁跪了下来。

那把锋利的雨龙剑已深深扎入乔泰的胸膛。他脸色惨白，两眼紧闭，细细的一股鲜血从嘴角慢慢地流了出来。

这时陶干冲了进来。

“去把黜陟使府的医生叫来，赶快通知衙役！”狄公大声吼道。

他将乔泰的头枕在自己的胳膊上，不敢把剑拔出来。一连串的往事胡乱地在他脑海中闪过：他们在林中初次相遇，他就是用这把剑对付乔泰的；他们并肩面对过许多次的危险；他们曾多次救了对方的性命。

他盯着这张平静的脸，不知在那里跪了多久。突然，他发现许多人围在他的身边。黜陟使府的医生诊视了伤者。当他小心地拔出剑、止住血后，狄公用沙哑的声音问道：

"我们能将他抬到榻上吗？"

医生点了点头。他严肃地看着狄公，低声说："大人，他只是靠着非凡的意志才挺到现在的。"

他们同陶干和衙役班头一起将乔泰抬起来，轻轻地放到狄公的榻上。狄公拿起剑，吩咐衙役班头：

"叫你的手下将这大食人的尸体抬走。"

乔泰睁开了眼睛，看到狄公手中的剑，略带微笑地说道：

"我们因剑而相识，也因剑而分别。"

狄公迅速将剑插入鞘内，把它放在乔泰晒黑的、满是伤疤的胸膛上，轻柔地说道：

"雨龙永远与你同在，乔泰。我不会携带一把沾有我好朋友鲜血的剑。"

乔泰面带幸福地微笑着，将他那双大手捂在剑上。他对狄公注视良久，渐渐地，他的眼睛似乎蒙上了一层薄雾。陶干用左臂轻轻地抱住了乔泰的头，眼泪一滴滴地从他那瘦长的脸上淌下来。

"要不要我吩咐士卒敲奏响板报丧，大人？"衙役班头小声问道。

狄公摇摇头。

"不，让他们敲奏凯旋军鼓乐。马上！"

他挥手让医生和士卒离开，以便他们可以单独相处。他和陶干在榻前深深地弯着腰，望着他们这位朋友的脸。此刻他非常安

在凯旋军鼓乐声中，乔泰咽下了最后一口气（高罗佩　绘）

详，双眼闭着。他们盯着他看了许久，发现他的两颊变红了，不一会儿，他的脸泛出一种兴奋的红光，汗不断地从这个将死之人的前额上冒出来。他呼吸急促，鲜血从扭曲的嘴里涌出。

"左队……前进！"乔泰叫道。

突然，黜陟使府瞭望塔上的大皮鼓咚咚咚的重击声打破了外面的宁静，节奏越来越快，尖利的吹奏声也随之传来，宣告疆场上的战士凯旋。

乔泰睁开双眼，目光有些呆滞。他专心地听着，随后他那沾有血迹的嘴唇现出一丝幸福的微笑。

"战斗胜利了！"他突然说道，声音非常清晰。

他的喉咙发出一种嘎嘎声，高大的身躯战栗了好一阵子，随后，微笑凝固了。

二十五

▼

　　当陶干同四名手下处理完刘大人的命案时，天已近黄昏。他悄悄地、万无一失地掩去了所有的证据，大食舞女的尸体已被秘密带回衙门，然后公开送往华塔寺火化。梁福的同伙甚至未经审问就被衙门的捕快抓了起来，只要护送队一到河上游的山上，这些人就会被立即处决。当陶干以狄公的名义在所有必要的文案上签完章后，他感到筋疲力尽。狄公在亲自安排好护送乔泰遗体回京之事后，就由一支特别的马队护送着离开了广州。一小队士卒在前面开路，他们扛着镶红边的旗子，表明他们有权在路过的每个驿站征用新的马匹赶路。这次的行程是十分累人的，但这是返京的最快方式。

　　陶干离开衙门，吩咐轿夫送他去梁府。梁府大厅里点着油灯和火把，一片明亮。梁福的尸体安放在一个带篷的豪华棺架上，一列人举着香缓缓地从前面走过，向死者致最后的哀悼。一位有身份的长者——陶干认为是死者的舅公——在老管家的协助下接待凭吊者。

当陶干阴沉地看着这庄严的仪式时，突然发现姚开泰站在他身边。

"对广州来说，这是一个伤心的日子！"姚员外说道，但他那伤感的声音掩盖不了脸上的狡诈。显然，他已经在盘算死者的哪些生意他可以接手过来。"我听说你们大人已经走了，"姚开泰接着说，"你知道，他似乎对我有所怀疑，他曾经仔细地盘问过我。不过，既然他没传唤我就回京了，那就说明，我是清白的。"

陶干狠狠地瞪了他一眼。

"好吧，"他慢慢地说道，"实际上，我是不可以同外人谈论衙门的公事的，不过，因为我喜欢你，我就向你透露一条有用的内部消息。当一个人被绑在行刑架上的时候，他不该忘记请求行刑者的手下在他的嘴里放一个木塞子。要知道，人在极度痛苦中会咬掉自己的舌头的，这种事是常见的。但如果我是你的话，姚员外，我不会太担心的，因为担心是救不了人的。"

陶干说完便转身走了，独留姚员外一人站在那儿，呆滞的眼里充满了恐惧。

陶干对这次的邂逅有点高兴。他打发走轿夫，决定步行去市场。尽管他背疼脚酸，但仍觉得需要点时间理理头绪。市场上熙熙攘攘，人声鼎沸，那条昏暗的后街似乎比以前更阴暗了。

他爬上窄窄的楼梯，驻足在门前听了片刻。他听到一种细柔的唧唧声，可见他的推测是正确的。

他敲敲门，走了进去。挂在屋檐下的那些小笼子，在昏黄的天色下显出轮廓。暮色中，他隐约看见了桌上的那只茶篮。

"是我。"他说道，这时她从竹帘子后面走出来。他拽着她的衣袖，把她领到长凳上。他们俩肩并肩地坐在那儿。

"我知道在这儿会找到你的。"他接着说，"我准备明天一早回京城，但我不想不辞而别。命运对你我二人打击都很大，你失去了哥哥，而我失去了最好的朋友。"他简短地对她讲述了乔泰的事，然后焦虑地问道，"你现在独自一人怎么生活呢？"

"谢谢你在悲伤之中还这样惦记着我，"她平静地说，"不过，别为我担心。在我离开梁府之前，我已经让舅公起草了一份文契，宣布我愿意放弃我哥哥的一切财产。我什么也不需要，我有蟋蟀。有了它们，我就可以活下去；有了它们，我就不寂寞了。"

陶干聆听着蟋蟀的唧唧声，听了良久。

"你知道，我一直细心地养着你那两只蟋蟀，"他最后说，"一只是你送我的，还有一只是我在科场你房间里发现的。现在我也开始欣赏它们的叫声了，那是如此的安宁。我觉得我已又老又累，蓝丽，安宁是我唯一渴望的东西。"

他迅速瞅了一下她平静的脸庞。他轻轻地将手放在她的胳膊上，怯怯地说道：

"如果有一天你能来京城与我同住，我会非常感激的。再带上你的蟋蟀。"

她并没有将她的胳膊抽开。

"如果你的大太太不反对的话，"她平静地说，"我会很高兴考虑的。"

"我一直独身，没有大太太。"然后，他轻柔地说道，"但会有一位的。不管什么时候，只要你说句话就行了。"

她抬起那双失明的眼睛，专心地聆听。有一只蟋蟀的鸣叫声把其他的都压下去了，那是一种持续的、清晰的乐音。

"那是'金铃'！"她满意地笑道，"如果你仔细去听，你会明白，它的鸣叫不仅意味着安宁，也意味着幸福。"